JN188506

獣王陛下のちいさな料理番

役立たずと言われた第七王子、ギフト【料理】でもふもふたちと最強国家をつくりあげる

Masayuki Nobeno
延野正行
Illust.
たらんぼマン

目次

プロローグ

「出ていくがよい。そなたのような下賤《げせん》な王子。もはや我が子ではない」

僕の父上――セリディア王国国王ガリウス・ルト・セリディアの声が雷鳴のように轟《とどろ》いた。

各国、各領地の君主や領主が出席する晩餐の席。真っ白なテーブルクロスには煌《きら》びやかな食器と、城の料理人たちが腕によりをかけた料理が並び、さらには艶《つや》やかな花々が彩りを添えている。天井からつり下げられたシャンデリアも豪奢《ごうしゃ》で、会場の光を反射していた。

そんな華やかな会場の空気が、急な雷雨に見舞われたかのように冷えていく。

硬い大理石の床には割れた皿とともに、ビーフシチューがぶちまけられ、先ほどまで勢いよく湯気を吐いていた赤身肉も人影が重なり、生命活動をやめたみたいに黒ずんでいく。それまで料理に舌鼓《したつづみ》を打ち、シャンデリアの下で談笑していた貴族や家臣たちは僕の方を指差し、冷笑を浮かべていた。

僕は一歩も動けなかった。手の先に付いたデミグラスソースにも目もくれず、ビーフシチューが血のように広がっていく様を見ながら、僕は何故父の怒りに触れたのかを考え続ける。

第七王子でありながら、料理を作ったことだろうか？

あるいは【万能《プライム》】というギフトをもらったことだろうか？

あるいは父上の代わりに、呪いを受けたからだろうか？

不意に目の前が暗くなると、僕の意識は二年前の王宮の中庭へと飛んだ。

◆◇◆◇◆　二年前　王宮の中庭　◆◇◆◇◆

ズンッ‼

広い王宮に巨大な稲妻が落ちる。

中庭に置かれていた鉄の鎧を纏《まと》った人形は、一瞬にして灰になってしまった。

僕の修練を見守っていた家臣や貴族からどよめきが起こる。中でも大声を上げて喜んでいたのは、側付きのフィオナだ。オーソドックスなメイド服を着た彼女は、兎《うさぎ》みたいに跳ねながら誇りの入った声で僕を称賛する。

「さすがはルヴィン様ですだよ。難しい天候魔術を四歳で操れるなんて」

「フィオナの教え方が良かったんだよ」

僕の名前はルヴィン・ルト・セリディア。

ヴァルガルド大陸において第二位の国力を持つセリディア王国の第七王子だ。

セリディア王家の血族は、総じて『ギフト』という不思議な力を持って生まれてくる。その力の種類は千差万別だ。さらには一人で複数の『ギフト』を持つ子どももいれば、一つしか持たずに生まれてくる子どももいる。

僕は七つのギフトを持って生まれた。

あらゆる剣術を修めることができるギフト――【剣神《ソード》】。

同じくあらゆる魔術を修めることができる――【魔術王《ソロモン》】。

すべての知恵を閲覧できるギフト――【知恵の者《シームルグ》】。

成長を三倍速くする――【成長《グロー》】。

遠くを見たり、気配に気づいたりできる――【千里眼《バロール》】。

想像したものならなんでも作れる――【神の手《ハンズ》】。

最後に【料理《レシピ》】……。

合計七つ。長いセリディア王家の歴史にあって、これほどの数のギフトを持って生まれたのは、僕が初めてだった。数が多いので、僕は七つのギフトを【万能《プライム》】と呼んでいる。

「さすがルヴィン様だ。四歳で第五階梯《かいてい》の攻撃魔術を使いこなすとは」

「残念なのは、ルヴィン様は第七王子であることだ。あれでは王にはなれまい」

「わからぬぞ。あのギフトはセリディアをさらに発展させるかもしれぬ」

魔術の練習を見ていた家臣や諸侯たちが、口さがないことを囁《ささや》く。

確かに僕を次期国王陛下に推す声は少なくない。実際、僕のところに多くの有力な諸侯や騎士たちが訪れ、中には四歳の子どもに頭を下げて、恭順を誓う人もいた。でも、僕は玉座に興味がなかった。今は剣術や魔術、本などをたくさん読んで、勉強したいと思っている。そしていずれ国王になる兄様や姉様を支え、民を幸せにするのが僕の夢だ。

「ルヴィン様ならきっと良い王様になれますだよ！」

「そんなことよりも、フィオナ。その傷……。また包丁で切ったの？」

「い、いや……。こ、これはサーベルタイガーとじゃれていたら引っかかれて」

「どこの世界にサーベルタイガーとじゃれ合うメイドがいるんだよ。手を出して」

僕は【万能《プライム》】のギフトを使って、フィオナの指にできた切り傷を魔術で癒やす。

「あ、ありがとうございますだ、ルヴィン様」

「礼なんていらないよ。フィオナにはいつもよくしてもらってるからね」

「はぅ〜〜〜〜〜！　ルヴィン様、そんな謙虚なところも好きですだ‼」

「ちょ！　フィオナ‼　胸！　胸が当たってる」

フィオナはこう見えて、元は王国騎士団に所属していた。

かなりの武功を上げたようだけど、今は僕の側付きとして働いている。

だからなのか。華奢なように見えて、力がすごい。あと胸も大きい……。

ヤバい。胸の谷間に顔が入り込んで意識が……。

「く、苦しゅぅぅぅうう……」

「はっ！　すみません。ついルヴィン様への愛が強すぎて――――あっ！　国王陛下！」

フィオナは慌てて僕から離れ、膝を突いた。

解放された僕は渡り廊下を歩く国王陛下を目にする。僕の父上であり、セリディア王国国王ガリウス・ルト・セリディアは、七年前に終結した戦争において膝を悪くしてしまった。今もリハビリのために毎日王宮の廊下を歩いている。

僕は腰に差していた木剣を掲げ、父上に声をかけた。

「父上！　今から剣術の授業が始まります。見ていかれませんか？」

「ふん……。何故、余が第七王子ごときの求めに応じなくてはならぬのだ？」

「え？」

父上は足を止め、確かに僕の方を向いて囁いた。

僕は思わず立ちすくんでしまったが、父上の言葉に驚いたからではない。

父上の後ろに、王宮では見慣れぬ恰好をした黒装束の男が立っていたからだ。

男はおもむろに右手を開き、魔力を収束させる。

「セリディア国王、覚悟‼」

僕の魔術の訓練を見ていた取り巻きの貴族たちから悲鳴が上がる。

すかさず僕はギフトの力を使い、強化の魔術を二重にも、三重にもかけた。

大人の身体能力をはるかに凌駕《りょうが》した僕は中庭を駆け抜けると、父上と男の間に割って入る。

「父上‼」

直後、僕の目の前で黒い魔術の光が解き放たれた。

身体は小さくとも僕には七つのギフトと、フィオナの訓練によって習得した多くの魔術がある。何より僕は父上を守りたかった。けれど、その信念をくじくように僕の中にどす黒い何かが流れ込んでくる。それは魔術などという生やさしい感覚ではなかった。

「これは……、呪い……？」

【万能《プライム》】の力によれば、魔術は魔力によって生み出される奇跡に対して、呪いは人の精神が生み出す負の感情の塊だという。その力はどんな魔術を以《もっ》てしても防御は不可能。呪いに対抗できるのは、呪いしかない。

でも、もっとも恐ろしいのは、呪いの性質そのものよりも、その能力だった。

あらゆる……修めることがで……フト──【剣……】。

……じく……魔……めることができる──【魔……王】。

すべての知恵を閲覧できるギフト──【知恵の者《シームルグ》】。

成長を……速く……──【成長《グロー》】。

……見たり、気…………とができる──【……眼】。

想像したものならなんでも作れる──【神の手《ハンズ》】。

「ギフトが消えていく……？」

【万能《プライム》】と呼ばれるギフトが、鳥に啄《ついば》まれるように消滅していく。

信じられない。こんなことは初めてだ。

「ギフトを消す呪いなんて」

まだ機能しているギフトを使って、呪術の解呪を試みる。

幸運にもそれはうまくいったけれど、解呪には時間がかかるらしい。

その間にも、僕の中にあるギフトの力が消えていく。

最初に【剣神《ソード》】が消え、次に【魔術王《ソロモン》】が消えた。【成長《グロー》】と【千里眼《バロール》】が同時に消え、呪術であることと、その解呪方法を授けてくれた【知恵の者《シームルグ》】も呪いが作る闇に呑まれていく。

「あと二つ……。間に合って！　間に合え‼」

ダメだ。これ以上消えるな。

神様、お願いだ……。

王様なんかになれなくていい。名声も、忠義もいらない。

僕はただみんなが笑顔でいてくれればいい。

そのためには僕のギフトが必要なんだ！

僕のギフトでみんなを幸せにしたいんだ！

お願い、神様……。

どうか僕に奇跡《ギフト》を……。


次に目を覚ました時、僕は中庭の噴水近くのベンチに寝ていた。

目を開けると、たくさんの有力者、神官、同じ王族の兄姉までもが僕の顔を覗き込んでいる。

そして父上の渋い顔もそこにあった。

「奇跡だ。まさに奇跡だ！」

「呪いを自ら解呪なさるとは」

「陛下の盾となってお守りするとは……。さすがルヴィン王子です」

僕が立ち上がるのを見て、みんなは安堵する。口々に囃《はや》し立て、ホッと胸を撫で下ろした。

しばらくして王宮付きの医者が慌ててやって来て、僕を診察する。「大丈夫ですか、王子」

という言葉を聞いて、僕はふと我に返り、胸に手を当てた。

「ない……」

ギフトがない……！

第一話

父上を襲撃した暴漢がかけた呪いによって、僕はギフトを失った。同時にギフトの力によって習得した剣術や魔術、あるいは知識のすべてを忘れ、僕は単なる四歳の子どもとなった。

以来——生活は一変する。

最初こそ僕は国王陛下を救った英雄だった。でも、ギフトを失ったことを聞くや否や、それまで忠誠と恭順を誓ってきた諸侯や貴族、騎士たちは蜘蛛《くも》の子を散らすように僕から離れていった。セリディア王族にとって、ギフトの質と数は次期国王を選定する材料になる。僕にその気がなくとも、周囲はそうではない。僕の聞こえないところで「王子には失望した」と囁く人も少なくなかった。

離れていったのは、彼らだけじゃない。

「お暇《いとま》を申し上げに参りました」

そう言って、フィオナは頭を下げた。僕が生まれてから、ずっと側付きとして成長を見守ってくれていた彼女が、急に側付きを辞めることになったのだ。なんでもフィオナの母親が病にかかり、その看病のため実家に帰らなければならなくなったらしい。

でも、これは嘘であることを、僕は後になって知った。

僕がギフトを失った後、フィオナは別の兄姉の側付きとして働くことを命じられた。言わば異動だ。フィオナは拒否したけど、それが上長である家令の不興を買うことになって、王宮を出ていくことになったという。フィオナは他の兄姉の側付きになることを了承し、王宮から出ていくことだけは許してもらうように懇願《こんがん》したそうだけど、もう遅かった。決定は覆《くつがえ》らず、故郷に戻ることになったという。

最後に挨拶をしにきた際、フィオナは大粒の涙を流しながら泣いていた。

僕は母親の看病の方が大事だよ、と励ましたけれど、真実を知っていたらどんな言葉をかけていただろうか、とフィオナがいなくなった今も考えてしまう。

フィオナが出ていった後、僕の周囲は加速度的に変わっていった。

まず王宮内に住むことを許されなくなった。僕は今、王宮の外にある馬房の屋根裏に住んでいる。かび臭いベッドと、脚が一本壊れた椅子が、今僕の手にある私物のすべてだ。

どうしてこんなことになったかは、僕にもわからない。

父上は自身の身代わりとなって呪いを受けた我が子を見舞うどころか、顔を見に来ることさえなかった。他の兄姉や、仲の良かった騎士や聖職者も同様だ。

賑やかだった僕の周囲から人が去り、気が付けば僕は一人になっていた。

◆◇◆◇◆　二年後……　◆◇◆◇◆

建国祭の当日――。王都はお祝いムード一色になっていた。

王都の大通りでは華やかなパレードが催され、沿道は多くの市民で埋め尽くされている。

花吹雪と麦酒の泡が舞う裏で、王宮の家臣たちはせわしなく廊下を行ったり来たりしていた。

建国祭は王宮の年中行事の中でも一番大きな祭りだ。しかも今年は建国百八十年という節目の年でもある。ヴァルガルド大陸全域から有力な諸侯や貴族たちが、祝いの言葉を述べるために集まってきていた。その数はいつもの建国祭と比べものにならない。

特に厨房はまさに火の車だ。料理人たちは二千人分の料理を、たった一日で作ることを強いられる。王宮はおろか王都から料理人を掻き集めても、手が回らない忙しさだった。

「おい。アク抜きした白アスパラガスはまだか？」

「ここにあったソース、誰が使ったんだよ！」

「この鶏肉、まだ蒸し焼きされてないぞ！」

「馬鈴薯《ばれいしょ》は細切りじゃない！　樽切りだと説明したろ！」

王宮の料理人と、王都から掻き集められた料理人たちの間で、怒号が飛び交う。

付け焼き刃の混成部隊では息が合うはずもなく、調理場は殺気立っていた。包丁を握ったまま、口論する料理人もいれば、エプロンを脱ぎ捨て炊事場を後にする者も少なくない。

責任者である料理長が諌《いさ》めようとした時、ふと他の料理人たちが氷漬けされた白アスパラガスを見つけた。

「これ……。アク抜きした白アスパラガスだぞ。しかもちゃんと冷水に浸してある」

「おい。ソースってこれじゃないか」

「鶏の蒸し焼きなら、さっき受け取ったぞ」

「樽切りの馬鈴薯ならここに……」

降って湧いたような問題が、あらかじめ事態を想定していたかのように次々と解決していく。見落としなどではない。それまで確かに炊事場になかったものだった。

「一体誰が？　ん？」

料理長は炊事場の端を歩く小さな影を見つける。すかさず手を伸ばし、その襟首を掴む。弾みで小さなコック帽が炊事場の床に落ちると、綺麗な金色の髪が広がった。前髪の陰に隠れたエメラルドのような瞳を料理長の方に向けると、まだ十にも満たない少年は苦笑した。

「や、やあ、料理長……」

「ルヴィン様、またあなたですか⁉　炊事場を出入りすることは固く禁じたはずです」

「みんなが忙しそうだったから、手伝うことがないかなって、つい――」

「私が家令《かれい》に怒られてしまいます。どうかご自重を」

襟首を掴んだまま、料理長は炊事場の外にルヴィンを放り出すのだった。

◆◇◆◇◆

それは不幸中の〝奇跡〟だった。

僕には一つだけギフトが残っていたのだ。

ギフト【料理《レシピ》】。名前の通り、料理を作ることができるギフトである。

どんな調理もできる便利なギフトだけど、呪いを受けるまであまり使ってこなかった。王宮内は基本的に分業制だ。料理を作るのは、料理人の仕事。たとえ王族であろうと、彼らから仕事を奪うことは許されない。そもそも料理は下々のやることと教えられてきた。だからこれまで使う機会があまりなかったのだ。

奇跡は【料理《レシピ》】のギフトだけに留《とど》まらない。

僕は呪いを受けたことによって、前世の記憶を思い出していた。

前世の世界は魔術がなく、『カガク』と呼ばれる力が発達した世界だった。その世界で僕は料理人として働き、天寿を全うしたようだ。

【万能《プライム》】を失った僕にできることは少ない。【料理《レシピ》】のギフトと、前世の知識を使って、みんなを幸せにできないか。僕はこっそり炊事場に忍び込んでは日夜研究を続け、陰ながら料理人たちのフォローをしていた。

それも先ほどの料理長や家令の監視が強くなり、最近は難しくなってきている。

もう僕の居場所は、王宮にはないのかもしれない。

「あれ？　扉が開いてる？」

そこは物置になっていて、家臣以外には誰も近寄らない。

この時間は誰も彼も手一杯で物置に用がある人なんていないはずだ。

気になった僕は、そっと中を覗く。すると、女の人の声が聞こえてきた。

『ああ。もう！　ややこしい。なんでテーブルマナーなんてあるんだ。料理なんて思い思いに食べればいいじゃないか！』

ドンッ、と物置にあったテーブルを叩く。

そのテーブルには、空の皿と食器が置かれていた。どうやらテーブルマナーの勉強をしているようだ。どこの淑女あるいは令嬢だろう。こんな場所で勉強なんて。仮に今日の晩餐会の出席者というなら、さすがに遅すぎるんじゃ……。

『誰？』

女の人が僕の方に振り返る。

慌ててその場を後にしようとしたけど、あっさりと襟首を捕まえられてしまった。

逃げるのに十分距離があったのに、すごい脚力だ。反応も速いし、力も強い。

この人、一体何者なのだろうか？

「見たね……。ボクの秘密の特訓を…………って、子ども？」

僕が子どもとわかるや否や、女の人はあっさりと手を離した。

強《したた》かに尻餅をついた僕は、ゆっくりと振り返る。

腰まで伸びたやわらかそうな銀髪。肌は雪のように白くて、対比するような黒鳶《くろとび》色のドレスと、首に巻いた白のファーがよく似合っていた。大胆に開いた胸は豊満な包容力を主張し、全体的に引き締まった身体は普通の令嬢のそれとは違って筋肉質だった。頭に乗せたティアラも素敵だけど、気になったのはピンと出た狼の耳らしきものだ。よく見ると、ふわりと広がったドレスの横から、如何にもやわらかそうな尻尾が垂れている。

さらに倉庫の換気窓から差し込む西日が、その印象的な姿をさらに強めていた。

「じゅ、獣人……？」

獣人は人でありながら、獣の特徴を持つ種族だ。力が強く、魔術との相性もいい。そのため名を馳せた傭兵や冒険者が獣人だった、というのはよく聞く話だ。七年前の戦争においては、獣人の傭兵団が終戦を決定づけたとも聞いている。その凄《すさ》まじい活躍は、人族に強い恐れを抱かせることになった。セリディア王国に獣人がいないのは、そのためだ。

でも、この人は……。

「なんだい？　君も獣人を差別するのかい？」

「ち、違います。そうじゃなくて、その……あまりにも」

美しかったから……。

ポロリと呟《つぶや》く。

すると、獣人のお姉さんの顔が急激に赤くなっていった。

「な、ななな……、君はいきなり何を言い出すんだい？」

「何をって……。正直な気持ちを……。なんでそんなに照れてるんですか？」

「き、決まってるじゃないか。そ、そんなこと初めて言われたからさ。しかも人族に……」

お姉さんは背中を向けると、急に黙り込んでしまった。

しまった。獣人の方に「美しい」というのはマナー違反だったのだろうか。でもついつい見てしまう。あの美しい尻尾……。やわらかそう。モフモフしてるし。ちょっと触って……いやいや、レディに失礼だ。それこそマナー違反になる。

「……えっとお姉さん、お名前は？」

「知らないの、ボクのこと。結構有名人だと思ってたんだけど」

残念ながら獣人に、友人も知り合いもいない。

そもそもセリディア王国では、見かけること自体珍しいのだ。

「ボクの名前はアリア――そう。アリアでいいよ」

「ルヴィンです。アリアさんは、テーブルマナーを勉強していたんですか？」

「なかなか覚えられなくて。こんなのがなくても、料理は食べられるのにね」

「テーブルマナーは、作った人に敬意を表すためなんです」

「敬意？」

「料理人は誰しもみんなが最高の状態で料理を楽しんでほしいと思っています。食材を作る生産者も気持ちは同じ。でも、料理人や生産者が最高の料理や食材を作っても、食べる場で余計な音を聞いたり、トラブルが起こったりするのはいやでしょ」

「確かに！　うるさいって思っちゃうかも……」

「マナーは一緒に食べる人への、ひいては作る人への敬意を表すためなんです」

「敬意か。そんなこと考えたことなかったよ。……君、詳しいね」

僕のテーブルマナーの先生はフィオナだった。

【万能《プライム》】の知識がなくても、これぐらいは初歩の初歩だ。

「ならさ。ちょっと特訓に付き合ってくれないかな？」

「え？　特訓？」

キョトンとする僕に向かって、アリアはナイフとフォークを掲げるのだった。


一時間後……。

アリアはナプキンを軽く畳み、テーブルの左側に置く。

最後に得意げに口角を上げると、「やった」とばかりに両手を挙げた。

「できたよ、ルヴィンくん！」

「良かったですね。一時はどうなるかと思いましたが……」

「ん？　なんか言った？」

テーブルマナーを教えるのって、こんなに大変だったたっけ？

そもそもアリアが持っている常識がおかしいんだ。いきなり肉料理を指で摘まんで食べようとするし、顔を近づけてスープを飲むこともあった。でも本人にとって、それが日常だったのだろう。時々、厳しいことも言ったけど、アリアは臍《へそ》を曲げることなく、僕の特訓についてきてくれた。

「これで気兼ねなく、料理を食べられるよ」

「頭で覚えることができても、ちゃんと実践しなければ意味がないですよ」

ちょっと不安だな。見にいきたいけれど、僕は晩餐会には出席できないし。

「ルヴィンくん、王宮の料理っておいしいかい？」

「もちろん。王宮の料理人が腕によりをかけていますから」

「楽しみだなぁ。ボクは牛の赤身肉が好きなんだ」

「獣人の方は、お肉ならなんでも食べると思ってました」

「そんなことはないよ。ボクたちだって苦手なもののぐらいはあるさ」

アリアは口を尖《とが》らせる。

同時に遠くの方で鐘が鳴った。アリアは耳をピクピクと動かす。

「人がいっぱい大広間に集まってるみたい」

「晩餐会が始まるんだと思います」

「え？　もうそんな時間!?　ヤバっ！　秘書官に怒られる。ボク、行くね」

「待って。アリア。また会える？」

「もちろん！　またね、ルヴィン！」

アリアは僕に手を振り、風のようにその場を去っていった。

結局、アリアが何者かわからなかったな。

獣人で、王宮の晩餐に呼ばれる人って、一体どんな人なんだろうか。

◆◇◆◇◆　晩餐会　◆◇◆◇◆

宮中晩餐会が始まり、各テーブルの貴賓が紹介されていく。

紹介が中盤にさしかかる頃、畏怖《いふ》と驚きの詰まった声が上がった。

扉が開き、遅れて一人の淑女が晩餐会の会場に入ってくる。

その姿を見た後、それまでの華やかな雰囲気が一変し、まるで抜き身の剣でも目にしたような不穏な空気が流れた。自分の息子や娘とともに晩餐の席にあった国王ガリウスも例外ではない。淑女の登場に鋭い視線を投げかける。

参加者のほとんどが人族である宮中晩餐会にあって、その淑女だけが頭に耳を生やし、ドレスの下から大きな尻尾を揺らした獣人であったからだ。

「あれが新国エストリア王国の女王か」

「まだ小娘ではないか?」

「見た目に騙《だま》されてはいけません。あの爪でどれだけの兵士の命を奪ったか」

「あれが七年前、このセリディア王国を恐怖のどん底に落としたという」

「傭兵団『番犬《ドーベル》』の女リーダーか」

様々な囁き声を一身に浴びながら、獣人の令嬢はセリディア王国国王の前に進み出る。

作法に則《のっと》った挨拶で、国王の前で頭を下げた。

「お初にお目にかかります。ボ──わ・た・く・しがヴァルガルド皇帝陛下の名代として参りました、新国エストリア女王アリア・ドゥーレ・エストリアと申します」

エストリア王国は七年前に建国された新しい国だ。

国民のほとんどが北の森に住む獣人たちで、未だに原始的な生活を送っている。その国の政《まつりごと》を担っているのが、『番犬《ドーベル》』という獣人の元傭兵たちだった。彼らは百年以上、戦乱の世にあったヴァルガルド大陸で猛威を振るい、雇い主であったヴァルガルド帝国とともに大陸統一を成し遂げた。終戦後、ヴァルガルド帝国皇帝は『番犬《ドーベル》』の活躍を讃《たた》え、彼らが住む北の森一帯に『エストリア王国』と名を与え、治めることを許可したのである。

皇帝の覚えめでたき『番犬《ドーベル》』であるが、戦後は帝国の管理下で自治を認められた各国にとって、鼻持ちならない存在であった。戦中では『番犬《ドーベル》』に歴史的大敗を期したセリディア王国も同様だ。そもそも獣人は昔から病を運んでくるなどと忌み嫌われてきた。嘘八百ではあるが、その迷信は今も根強く残っている。

しんと静まり返り、しらけた空気が晩餐の席に漂うと、突然拍手が鳴った。

手を叩いていたのは、他でもないセリディア国王だ。

「皇帝陛下の名代の役目、ご苦労である。余こそがセリディア王国国王ガリウス・ルト・セリディア。エストリアの女王アリアよ。よくぞ参られた。そなたとは一度酒を酌み交わしたかったのだ。どうかくつろいでいかれよ」

「ありがとうございます、国王陛下」

アリアは頭を下げ、席に着く。両隣の他国の大使が迷惑そうに眉間に皺《しわ》を寄せる中、セリディア国王は立ち上がり、杯を掲げた。

「それでは皆様、乾杯をいたしましょう」

短い挨拶を済ませ、自ら「乾杯」の音頭を取る。

祝杯が掲げられる中、国王は近くにいた大臣を指で呼び寄せた。

「あの件、抜かりないな」

「万事手配は済んでおります」

国王と大臣の視線の先には、一人幸せそうに料理を頬張る獣人の娘の姿があった。

◆◇◆◇◆

アリアと別れた後、僕は王宮にある蔵書室に転がり込んでいた。

書物は手間と時間がかかることから、宝石並みに貴重だ。見つかれば、炊事場の時のように追い出されてしまうのだけど、生憎《あいにく》と小うるさい家令はそれどころじゃないらしい。

目当ての書物を発見すると、僕は一気に読み進めた。

内容は獣人の生態と、彼らが住む森のことだ。

「獣人って肉が主食なんだ。……あれ、でもアリアは苦手なものはあるって」

基本的に雑食ではあるけど、人族と違って、いくつか気を付けなければならない食べ物があることが本には書かれていた。

王宮の料理人は全員プロフェッショナルだ。医官も間に入って、晩餐会に出席する人間の好みや、アレルギーなども把握した上で調理している。でも、彼らがこれまで獣人に料理を提供したことがあるのかといえば、答えは否だ。

「アリア、大丈夫かな？　…………待てよ」

目をつむり、脳裏に今日の炊事場のことを思い浮かべる。運び込まれた材料、下拵《したごしら》えの方法、火加減、使われた調理器具。浮かび上がってきた状況を熟慮しながら、僕は気づく。

「ダメだ！　それをアリアに食べさせちゃ‼」

僕は蔵書室を飛び出した。

◆◇◆◇◆　晩餐会　◆◇◆◇◆

ルヴィンが蔵書室を飛び出す少し前……。晩餐の席で一悶着が起こっていた。

その中心にいたのは、エストリア王国女王のアリアだ。

「どうしました、アリア女王？　料理が口に合いませんかな？」

顔を赤くした青年貴族が、アリアに声をかける。名はヒールマン。セリディア王国東部を治める大侯爵の一人だ。酒癖が悪く、獲物を決めると徹底して、その人間の悪い部分をまくし立てる。社交界では有名な皮肉屋で、貴族の中でも嫌う人間は少なくない。

今宵の晩餐会において、ヒールマンの被害者となったのはアリアだった。

本日のメイン料理は牛肉の赤ワイン煮。ほとんどの貴賓が声を上げ、絶賛する一方、アリアの手だけが止まっていた。ヒールマンはそれを目敏《めざと》く見つけると、一気にまくし立てた。

「セヒロン産の赤ワインに、セリディア王国が誇るブランド牛ルンベ――そのさらに最高等級の牛肉を使ったワイン煮ですぞ。このような晩餐の席でもなければまず食べられますまい。まして……ポッと出の田舎国では。フフフ」

ヒールマンの皮肉は耳障りで気持ちが悪い。故に社交界で彼を好む人間はいない。

だが、今宵の生け贄は世界でもっとも嫌われている獣人だ。ヒールマンに詰められる姿は、『番犬《ドーベル》』に煮え湯を飲まされた敗北者たちにとって、溜飲《りゅういん》が下がる思いなのだろう。咎《とが》める者はおらず、冷笑だけが晩餐の席で響いていた。

アリアも黙ってはいない。目の前の貴族をキツく睨み付ける。ナイフのように切れ味鋭い眼光にヒールマンは小さく悲鳴を上げ、後退するも、口を閉じることはなかった。

「なんだ、その目は。所詮《しょせん》は獣人か。ふん。敬意の欠片もないな」

「敬意？」

「戦乱において、多くの兵を殺し、城を焼き、文化を破壊し尽くした君たちにはわかるまい。その料理を作ったものが、如何にして――」

「わかった。食べるよ。食べればいいんだろ」

アリアはナイフとフォークを取る。

やや感情的にはなっても、その所作は教えられたマナー通りになっていた。

肉に切れ目を入れようとすると、さして力も入れていないのにナイフが入っていく。

そのやわらかさに思わず手を止めた後、最後にフォークを突き刺した。

いよいよアリアがワイン煮を食べる段階になった時、大臣は国王の方に目配せする。その国王は側のグラスを空け、アリアが肉を食べる瞬間だけ視線を向けた。

「お待ちください」

子どもの声が晩餐会の席で聞こえてきたのは、その直後だった。

◆◇◆◇◆

本来、給仕が押すべき荷車とともに、僕は晩餐会へと入場する。

視界に映ったのは、ヒールマン侯爵に問い詰められるアリアの姿だ。

アリアの前には、分厚い牛肉のワイン煮が置かれていた。

(やっぱり、こうなっていたか)

荷車を押し進め、渦中に飛び込むと、視線が僕の方へと一斉に向けられたのを感じた。

父上もコック服姿の僕を目にするや否や、眉間に皺を寄せる。

「なんだ、あの小僧は？」

「もしやルヴィン王子では？」

「王子が何故……？」

「あの恰好……。まるで料理人ではないか?」

珍しい王族の調理服姿を見て、集まった貴賓は一様に驚く。

続けて向けられたのは、冷たく針のような視線だった。僕は荷車を押す。進み出た先に立っていたのは、ヒールマン侯爵だ。侯爵は以前、僕に忠義を誓うと宣言した貴族の一人だった。けれど僕が【万能《プライム》】を失ってから会うのは、これが初めてだ。

「久しぶりですな、ルヴィン殿下。何用ですかな。それにその恰好……。まるで襤褸《ぼろ》を着た下町の小僧のようですな。そうは思いませんか、皆様」

侯爵は得意の皮肉を披露すると、会場は嘲笑に包まれる。

「この白いコック服のことを襤褸というなら、それは料理人に対する侮辱です。彼らはここにいる大勢の来賓のために寝る間も惜しんで今も料理を作っています。ヒールマン侯爵、あなたには料理人たちに対する敬意がないのですか?」

「はっ! 相変わらず賢《さか》しい小僧ですね、あなたは」

ヒールマン侯爵はそっぽを向く。

無視してくれるならそれでいい。用があるのは、侯爵じゃない。

僕はテーブルの前で俯《うつむ》いたエストリア王国の女王の方を向いた。

「アリア――――アリア陛下がこちらの料理を食べられないのは無理もありません」

「何を仰るのですか? これはルンベ牛を使った最高級の赤ワイン煮ですぞ。知っておられますか、ルヴィン殿下。獣人は肉を主食とするのです。これ以上の贅沢はありますまい」

「知っています。しかし、獣人だからといって、すべての肉を好むわけではありません。中には食べられない肉があることをご存知ですか、侯爵？」

「食べられない肉……？」

「たとえば、サシの入った良いお肉です。今テーブルにあるルンベ牛のような」

「馬鹿な！」

僕は荷車の中から一枚の皿を取り出す。そこには調理される前のルンベ牛がのっていた。

綺麗な霜降り肉は、晩餐会の明かりを受けてなお輝いている。

「ルンベ牛はとてもいいお肉です。やわらかな肉質に、爽やかに広がる旨み。上質な脂肪分は甘く、口の中で溶けるような不思議な食感を与えてくれます。セリディア王国が誇る、いえ世界でも類を見ない最高級のお肉の一つといえるでしょう」

「その通り！　何を隠そうルンベ牛の飼料として選ばれているのが、我が領地で作られた牧草なのです。ご存知でしたかな、王子」

「それは知りませんでした。しかし、最高級と称される肉はある基準をクリアしなければ認められません。それが脂肪分です」

「お子様ですなあ。ルンベ牛の脂肪は良質な脂で……」

「その良質な脂ですら、獣人の方々にとって、時に毒になることを侯爵はご存知ですか？」

毒、という単語を聞いて、周囲がざわつく。当のヒールマン侯爵も息を呑んだ。

「獣人の方の主食は肉類ですが、主に赤身肉を好み、脂肪分の多いバラや腰肉をあまり好みません。それは人族と違って、獣人の方のお腹は過度の脂肪分を消化するのに適さないからです」

アリアは「嫌い」ではなく、「苦手」と言っていた。

食べることはできても、身体が受け付けない。あれはそういう意味だったのだろう。

「食べた場合、お腹を壊し、最悪激しい嘔吐感に苛《さいな》まれることもあるそうです。つまり僕たちはアリア陛下に毒を食べさせようとしていたのです」

騒然としていた大広間が、水を打ったように静まり返る。僕の説明に誰も反論する者はなく、ヒールマン侯爵ですら固まったまま動けない様子だった。

そんな周囲を尻目に僕は荷車をアリアの前に押し、ペコリと頭を下げる。

「アリア陛下、失礼しました。お詫びといってはなんですが、代わりの料理をご用意しましたので、食べていただけないでしょうか？」

「ルヴィン……くん……」

アリアはこくりと頷く。

僕はすっかり冷めてしまったルンベ牛の赤ワイン煮を下げると、代わりの皿をアリアのテーブルの前に置いた。銀蓋を開くと、濃い湯気とともに芳醇な香りが晩餐会の会場に広がる。

濃く深い色合いのデミグラスソース。その色が薄《うっす》らと移った馬鈴薯と玉葱《たまねぎ》、さらに半分に切られたマッシュルーム。デミグラスの海の中で、一際輝《ひときわ》く赤い人参。しかし、なんといっても主役は肉だろう。賽子状《さいころ》に切られたお肉がゴロゴロと入っていて、今でも湯気を吐いている。その芳香は、二十年もののワインのように豊かで、その場にいた貴賓たちのお腹を刺激した。

「赤身肉のビーフシチューです。どうぞお召し上がりください」

暗く沈んでいたアリアの瞳が、陽の光を浴びたように輝いていく。

辛抱できなくて、思わず皿を持ってがっつきそうになったが、途中で僕との特訓を思い出したらしい。フォークとスプーンを持って、上品にビーフシチューを食べ始める。まず肉にフォークを突き立てると、ほろりと簡単に切れてしまった。そのやわらかさに感動しながら、アリアは肉を口に運んだ。

「わおぉぉぉ〜〜〜〜〜〜〜〜〜んんんん！」

アリアの耳と尻尾が逆立つ。口の中で肉を転がすように夢中になって咀嚼《そしゃく》を始め、最後にごくりと飲み込んだ。アリアは目を輝かせたまま、僕に訴えた。

「おいしいよ、ルヴィンくん。こんなにやわらかいお肉を食べたのは初めてだ」

時間がなかったので、圧力鍋を使ったのだけれど、どうやらうまくいったらしい。

元々炊事場には、肉質をやわらかくするため下拵えした肉が余っていた。

それを使って、圧力鍋で煮込み、僕は短時間でやわらかいお肉を作り上げたのだ。

（【万能《プライム》】……、いや【料理《レシピ》】のおかげだね）

圧力鍋も、下拵えの肉を使ったアイディアも、僕が操る【料理《レシピ》】のおかげだ。

もしかしたら初めてこの【料理《レシピ》】を使って、人を幸せにできたかもしれない。

そうだ。何も悲観することはなかったんだ。【万能《プライム》】というギフトはなくなったけど、僕にはまだ【料理《レシピ》】が残っているじゃないか！

「驚きました、アリア陛下。まさか――――」

「アリア……」

「え？」

「今まで通り、アリアって呼んでよ」

幸せそうな顔を見ながら、僕はホッと息を吐く。

お堅い社交の場であっても、アリアはアリアであるらしい。

テーブルマナーに苦戦していた女の子そのままだ。

すると、僕は突然肩を叩かれた。摘まみ出されるかもと思ったけど、そうじゃない。

立っていたのは、ヒールマン侯爵だ。頬を染めながら、身体をモジモジと動かしていた。

「お、王子……。そ、そのビーフシチュー、私にもいただけないだろうか？」

「へっ？」

一体、何が起こってるんだ？

侯爵だけじゃない。その後ろにはたくさんの貴賓が集まり、声を揃えて「ビーフシチューが欲しい」と懇願する。中には黙って皿を差し出す人までいた。

まさかこんなことになるなんて夢にも思わなかったけど、シチューはないわけじゃない。

僕は荷車の下から、底の深い圧力鍋を取り出す。蓋を開けると、開放されたデミグラスソースの香りが会場いっぱいに満ちあふれた。僕は器に盛ると、殺到する貴賓に配膳していく。

「うまい。なんという深いコクと味だ」

「結び目がほどけた糸のようにお肉が口の中で消えていくぞ」

「馬鈴薯もホクホクしてて……。こんなに甘みを感じる馬鈴薯は初めて食べたわ」

「玉葱の甘みも負けてない。むしろソースの苦みとマッチしている」

早速口にした貴賓の方々が、絶賛する。肉だけじゃなく野菜の評価も高いようだ。

実は野菜は、僕自ら鍬《くわ》を振るって作ったものだ。しかも、ただ自分で畑を耕して作ったわけではない。【料理《レシピ》】のギフトの指示を受けながら、最高の野菜を作り上げた。【料理《レシピ》】はただ料理を作るためのギフトじゃない。レシピで使われる野菜の栽培方法や、最適な家畜の育て方まで教えてくれる。いわば、万能の【料理《レシピ》】なのだ。

残念なのは【料理《レシピ》】に書かれた方法の半分も、僕が実行できなかったことだろう。六歳の僕だけの力では、用意できる材料も道具も限られている。他に協力者がいれば、さらにおいしい食材を作れるはずだ。

（せめてフィオナがいれば……）

出ていった側付きのことを思い出していると、突然皿が割れる音がした。

「何故だ？　たかがビーフシチューが何故こんなにもおいしいのだ⁉　こ、この肉などルンベ牛よりも……。わ、私は認めんぞ！　こんな料理があってたまるか‼」

ヒールマン侯爵だ。半分ヤケになりながら、晩餐会の中心で喚《わめ》き出す。

自分で欲しがっておいて、クレームって。この人、相当酔ってるな。

癇癪《かんしゃく》を起こす大侯爵に騒然とする中、ゆっくりと立ち上がったのはアリアだった。

「さっきからうるさいなあ。食事の席では静かにするものだ。そんなこともわからないのかい」

「なんだと……！　獣人風情が大侯爵の俺に意見するのか？」

「作る人に敬意を示せと言ったのは、君だよね。敬意が足りないのは、獣人のボクと大侯爵の君、一体どっちだと聞いているんだ」

ヒールマン侯爵を非難するのは、アリアだけじゃなかった。

他の貴族や諸侯たちも、ヒールマンの皮肉にうんざりしていたのだろう。

アリア一人だけならいざ知らず、味方だと思っていた貴族たちにも裏切られて、ヒールマンの顔から血の気が引いていく。最後には「用事を思い出した」とその場を後にしてしまった。

僕は鍋の中のシチューがなくなるまで、貴賓の方々に盛り続ける。

ようやく会場が落ち着きを取り戻した頃、僕に大きな影が覆《おお》い被さった。

ガリウス・ルト・セリディア――つまり僕の父だ。

雄々しい父上の姿を見て、僕は小さく悲鳴を上げそうになる。二年前、中庭で見た時よりも、さらに老け込んだ気がする。でも、獅子のような眼光の鋭さは以前と何ら変わらない。

「僕が野菜から作ったビーフシチューです。どうかご賞味ください、父上」

ビーフシチューを皿に盛り、震える手で父上に差し出す。

瞬間、皿を持った僕の手ごと弾かれると、晩餐会の床にビーフシチューが飛び散った。

「ルヴィン、そなたはなんだ？」

「父上、聞いてください。僕は【万能《プライム》】を失いましたが、【料理《レシピ》】を使って……」

「そなたは我が国の王子であろう‼　何故、下々の真似事などしておる」

「――――！」

「ビーフシチュー？　野菜を作った？　お前は王族であろう。恥を知れ‼」

「父上……。僕はただ……、みんなを幸せに……」

「出・て・い・く・が・よ・い。そ・な・た・の・よ・う・な・下・賤・な・王・子。も・は・や・我・が・子・で・は・な・い」

父上の圧倒的な拒絶が僕の胸を撃ち抜く。ふと力が抜け、僕は跪《ひざまず》いた。

視線を落とすと、苦労して作ったビーフシチューの無残な姿が視界に映る。演劇の幕が下りたみたいに目の前が真っ暗になった。

「なら、ボクがもらおうかな」

顔を上げると、眩《まばゆ》い銀髪と満面の笑みが見えた。アリアだ。ショックで蹲《うずくま》る僕を軽々と持ち上げ、さも当たり前のように会場から出ていこうとする。あまりにも鮮烈な展開に、誰もついていけない。近衛たちですら目の前を通るアリアを見送るだけだった。

ついにアリアは出口の扉の前に立つと、タッチの差で大臣が回り込む。

遅れてセリディア王国の近衛たちも槍を構えて、アリアの前に立ちはだかった。

「女王陛下。どうか王子から手をお離しください」

「どうしてだい？　ガリウス国王陛下はルヴィンくんをいらないと仰った。我が子でないともね。大臣も、この会場にいる貴賓の方々も聞いたはずだよ」

「だからといって、ギフトを持つセリディア王家の血族を外に出すわけには参りませぬ‼」

事態をまるで把握できていないようなアリアの口ぶりに、大臣は激昂する。

近衛たちが向ける槍の先を見て、僕は一層強くアリアを抱きしめた。

すると、アリアは僕に囁きかける。

「大丈夫。こんなもの怖くないよ」

アリアは穂先に指をかけると、パンの生地でも丸めるかのように鉄の槍を曲げてしまった。

人外の力にどよめきが起こる。大臣も「ヒッ！」と悲鳴を上げて、後ろに下がったけど、近衛はそうもいかない。僕とアリアを囲う輪の形を狭め、退路を断った。

「どきなよ、君たち。怪我をするよ」

「王族の方々を守るのが我らの役目です。女王陛下、どうか王子を」

「ならなんでルヴィンくんをそうやって助けなかったんだい」

「それは……」

「ルヴィンくんと会った時、彼は一人だった。彼がここに現れた時、誰もが冷ややかな視線を送っていた。そう。ボクがこの場にやって来た時みたいにね」

ふわりとアリアの銀毛が逆立つ。同時に空気が冷えていくのを感じた。

「彼に何も期待していないのに、ケージから出ようとした瞬間捕まえようとする。これじゃあ籠の中の鳥じゃないか。ルヴィンくんは人間だよ」

「黙れ、ケダモノ！　近衛！　何をしておる。二人を引っ捕らえろ‼」

「うるさいなあ……。——どけよ」

それは一瞬の出来事だった。

突如稲光が晩餐会にほとばしり、突風が巻き起こる。濛々《もうもう》と煙が上がると、その中心に立っていたものの姿を見て、近衛も、貴賓たちも、大臣も、僕自身さえも驚いていた。

それは銀毛に包まれた巨大な狼だった。気が付けば、僕は銀狼《ぎんろう》の背に乗っていたのだ。下を覗くとパニックになっている大臣が見える。近衛や衛兵たちも尻餅をついて、怯《おび》えていた。父上も大きく目を開き、膝を突く。悪夢を振り払うように何度も頭を振っては、恐怖に震えていた。あんな父上を見るのは、初めてだ。

狼は僕の方に目を向ける。その優しげな瞳を見て、すぐに銀狼の正体に気づいた。

「アリ……ア……なの？」

「そうさ。ルヴィンはボクの姿が怖い？」

僕は首を振った。

やわらかな銀毛に手を添えると、アリアの体温が伝わってくる。

大きな背に耳を当て、僕は鼓動を聞いた。他人の心音を聞くのは、いつぶりだろうか。

（やわらかい。それに温かい……。人肌ってこんなに温かかったんだ）

アリアを感じながら、自分がどれだけ冷たい場所にいたのかわかる。

そう理解した途端、急に王宮にいることの未練が萎《な》えていった。

「アリア、僕を君の国に連れてってよ」

「お安い御用さ。行こう、獣人《ボク》の国へ……」

アリアは軽く床を蹴る。

ほんの少し力を入れただけなのに、晩餐の会場に爆風が吹き荒れた。

悲鳴と、シャンデリアが落ちた音が響く。ふっと明かりが消えると、さらにパニックは広がっていった。魔術による照明が会場を再度照らしたのは、三分後のことだ。

そこにあの巨大な銀狼の姿はなかった。


噂で聞いたことがある。

戦争の終盤。セリディア王国は、一人の獣人に敗北を喫した。その獣人はたちまち大狼となると、暴風を操り、万を超える兵の士気をたったひと鳴きでくじき、撤退させたそうだ。結果セリディア王国は戦わずして降伏し、長きにわたって続いた大陸の内乱は終わりを告げた。

後世に『セリディアの恥辱』と呼ばれた出来事は、セリディア王国の歴史上の汚点として、国民の記憶に今も深く刻まれている。つまり僕は今、自分の国を屈伏させた狼の背に乗っているのだ。

ふと顔を上げると、大きな満月と、ミルクのような星の河が見えた。

空に僕を留める籠はなく、夜気の冷たさも気にならない。

やわらかくて、温かくて、気持ちいい。

モフモフの中で、僕はいつの間にか瞼《まぶた》を閉じていた。

第二話

セリディア王家には『ギフト』という特別な力がある。故に昔からその力を他国に利用されまいと、血筋を外に出さないようにしてきた。長い王家の歴史の中でも、血が外に出たのはたった一度だけだ。

なのに国王陛下《ちちうえ》は、僕に「出ていけ」と告げた。

もう自分の子ではないと……。

カッとなって出た言葉だとは、僕も理解している。だからこそ、あれは父上の本音だったのだろう。仮にあの場で発言を撤回し、引き留めていればアリアは僕をさらうことはなかったはずだ。そうしなかったのは、僕に出ていってほしい理由があったからなんだと思う。

父上が血筋の継承のことを忘れていたとは思えない。

獣人相手ならば血筋の継承がないとでも考えたのだろうか……。

ふと僕は横に座ったアリアを見つめると、アリアは耳をぴこりと動かす。

僕の方を向いて、何故か意地悪い笑みを浮かべた。

「ルヴィンくん、今ちょ～～っとエッチなことを考えたでしょ」

「えええええええ‼　いやいやいやいや！　そ、そんなことないよ！」

「ボクの耳はとてもいいんだぞ。君の心音を聞いて、何を考えているかわかるんだ。うりうり」

アリアは大きな尻尾を僕に擦りつけてくる。

モフモフ……。めちゃくちゃやわらか～い。

い、いいのかな。こんなに触って。もしかして獣人の人たちって、アリアみたいにスキンシップに躊躇《ちゅうちょ》がないのかな。そういえば、王宮で飼っている猫もよく足に身体を擦りつけて……いや、さすがに獣人と猫を同一視するのは失礼だろ、僕。

王宮から飛び出して二日。僕たちは馬車に乗り換え、北にあるエストリア王国に向かっていた。その馬車にアリアと僕の他に、もう一人獣人の同乗者が加わった。

「アリア、やめなさい！」

大きめの眼鏡を上げながら、僕の前に座った男装の麗人が注意する。

色白の肌に、ボブカットされた灰色の髪。背丈も歳の感じもアリアと同じか、一つぐらい年上といったところだろう。薄い水色の瞳のせいか、どこか冷たい印象を持つ彼女は、馬車の中ではしゃぐアリアとは違って、大人っぽかった。

そんな彼女の頭にも、アリアよりも小さくてかわいい耳が付いている。

細く長い尻尾から察するに鼬《いたち》の獣人なのだろう。

「痛いじゃないか、マルセラ」

「他国の王子を捕まえ、盛りの付いた雌犬みたいなことをしているからです」

「失敬な。ボクをそこらの獣と一緒にしないでほしいね。あと、ボクは狼だよ。犬じゃない」

アリアは顔を真っ赤にして、拳を振り上げる。

「あわわわ……。落ち着いて、アリア。えっと……。こちらの方は？」

「紹介してなかったっけ？　彼女はボクの秘書官マルセラ。ボクの幼馴染なんだ」

「初めまして、ルヴィン王子。マルセラ・ヴィ・ディヴィシュと申します。アリア陛下とは腐れ縁の仲です」

「言い方‼　ルヴィンくんは王子様だよ。もうちょっと言葉に気を遣いなよ」

アリアはマルセラさんをジト目で睨む。新国とはいえ、一国の女王陛下を「腐れ縁」って呼ぶなんて、よっぽど二人は固い絆で結ばれているんだろう。ちょっと羨ましいかも。僕にはたくさんの家臣がいたけれど、二人のようになんでも言えるのは、フィオナだけだった。

側付きのことを思い出していると、マルセラさんは頭を下げた。

「この度は、うちの女王陛下の思いつきで我が国にご同行いただきありがとうございます」

「なんか引っかかるな。その言い方だと、ボクが悪者みたいじゃないか」

「そう聞こえませんでしたか。言いましたよね。セリディア国王と和解し、食糧を援助してもらうように頼みましょう、と。なのにあなたときたら……」

「ルヴィンくんが可哀想だったんだもん！　あのまま見て見ぬ振りなんてできないよ」

「まったく……。あなたはすぐそうやって」

話を聞く限り、アリアがセリディア王国にやって来たのは、何かしら目的があったようだ。

だけど、それがうまくいかないどころか、あろうことか国の王子をさらってきてしまった。

マルセラさんが怒るのも無理はないだろう。

「ごめんなさい。僕のせいで」

「ルヴィンくんが謝ることじゃない！」

アリアはきっぱりと言い切った。

そしてまた僕を抱きしめる。今度は深く、温かくだ。

「ボクが君を選んだ。ボクは何も後悔していないよ」

「アリア……」

「それに君はボクの国にとって必要な人材だしね」

「僕が必要？」

「知ってると思うけど、ボクの国はできてまだ日が浅い。文化レベルも君の国に比べれば、ずっと低いし、家臣は全員破落戸《ごろつき》の集まりみたいなものなんだ。だから君にいろいろ教えてほしいんだよ。エストリア王国が本当の意味で国家になるために」

「僕、子どもですよ。もっと大人に頼むべきじゃ」

「君はあの晩餐会で、唯一ボクたち側に立ってくれた。ボクたちの文化に理解を示してくれた。大陸中を捜したって、そんな人材いないよ。たとえ君が赤子だったとしても、ボクは君を連れてきたと思う。それにボクの勘が言ってるんだ。君ならできるって」

アリアが口にした途端、その言葉が僕の心の中で事実になっていく。そんな感じがした。それほどアリアの真剣な気持ちが伝わってくる。ただ本人は笑っていて、まるで今から大冒険に誘おうとしているヤンチャな子どものようにしか見えないけど……。

『ヒヒーンッ！』

馬の嘶《いなな》きが響くと、突然森の真ん中で馬車が止まった。

何事かと僕は外をうかがう。しかし、その前にアリアは僕の顔を床に押し付けた。

「顔を上げちゃダメだよ、ルヴィンくん」

「何が起こってるの、アリア」

「敵襲さ」

その言葉を聞いて僕は慌てるけど、アリアもマルセラさんも落ち着いていた。

「どうやらセリディア王国は、タダでわたくしたちを帰すつもりはないようですね」

「恨みを買った覚えはないんだけどなあ。少なくとも王宮ではお利口にしていたよ、ボク」

「お利口にしていたら、こんなことにはなりませんよ」

「一応、ボクって皇帝陛下の名代なのになあ」

「セリディアの国王には、皇帝陛下のご威光が通じないようです」

「百人ってとこかな？　ボクも随分と舐められたもんだ」

アリアはペロリと唇を舐めた後、そっと僕の頭に手を置いた。

「ちょっと待っててね、ルヴィンくん。悪い奴をやっつけてくるよ」

アリアは僕が止める前に、客車を出ていった。一瞬ドアの隙間から見えた森は昼間よりも暗く、その木の根元には、さらに暗い目をした暴漢たちが僕たちを包囲していた。

僕は怖くて目を背けてしまったけど、アリアは今からハイキングにでも出かけるかのような足取りで暴漢たちの方に歩いていく。

「マルセラさん、他に護衛はいないんですか？　エストリアにも騎士団はいるんでしょ？」

「騎士団はいますが、今はいません。護衛なんてうちの女王には必要ありませんから」

「必要ないって……。相手は百人ですよ」

アリアは新国エストリアの女王。ああ見えて国の君主だ。

それが護衛もつけずにやって来たことすら、前代未聞だった。

他の諸侯や貴族は、何十人と子飼いの騎士を領地から連れてきていたというのに。

なのにマルセラさんは妙に落ち着いていた。

「アリア一人で十分です。……十分すぎてお釣りがきますよ」

直後、乗っている客車が横転するのではと心配になるほどの暴風に襲われる。

何事かと外を覗こうとすると、その前に客車の扉が自然に開いた。

広がっていた光景を見て、僕は呆然《ぼうぜん》と佇《たたず》む。

フードを目深にかぶった暴漢たちが全員倒れていた。

中心にいたのは、アリアだ。パンと手を叩いて、やれやれと首を振っている。

目が合うと、アリアは僕にVサインを送った。

「百人を一瞬で……。これが獣人の力……？」

「そして、あなたのお父様が恐れる力です。といっても、アリアは特別ですけど」

なるほど。これほどの武力があれば、多くの国から恐れられて当然だろう。

「ば、化け物！」

悲鳴を上げ、馬車の御者が手綱を放り出して逃げ出す。察するに暗殺者とグルだったらしい。

御者は木の根に足を取られると、あっさり転んでしまった。アリアが近づくと、「殺さないで」と命乞いをする。

「女の子に化け物とかひどいなあ。国の中では美人な女王様で通ってるんだよ」

「嘘を吹き込むのはどうかと思いますよ、アリア」

「う、ううう嘘じゃないよ！　マルセラの馬鹿！」

またアリアとマルセラさんの寸劇が始まる。

「な、なんだ!?」

悲鳴が森に響く。御者の首から下げていた宝石が光っていた。おそらく魔術の力が込められた魔導具だ。それが光を帯びると、御者のお尻の下に大きな魔方陣が広がった。

「召喚魔法……!?」

「……の魔導具だね」

魔導具を持っていた御者は、悲鳴を上げながら魔方陣の中に飲み込まれていく。完全に沈み込んでしまうと、入れ替わりに針のような黒毛を生やす巨大猪がせり上がってきた。

大きな豚鼻に、曲剣のように反り上がった牙。口を開け、周囲に轟くように声を上げる。王者の風格を漂わせつつ、巨大な猪は僕たちの前に立ちはだかった。

「トロイント……」

マルセラさんが呟く。その表情からは先ほどまでの余裕が消えていた。

トロイントは僕でも知っている魔獣の王の一人だ。

魔獣とは野生動物が濃い魔素（魔力の素となる元素）を体内に吸収することによって進化する獣の総称を指す。通常、普通の動物よりも大きく、手強い生物へと進化することがほとんどだ。中には人間並みの知能を持ち、魔術を操る魔獣も存在する。言わば人間の天敵だ。

中でも『魔獣の王』と称される魔獣は、一国の軍隊すら手を焼くといわれていた。

そんな相手にもかかわらず、アリアは真っ正面から突っ込んでいく。大きく拳を掲げると、トロイントの横っ腹に正拳を突き刺した。馬車にいた僕のところまで、拳打の音が聞こえる。

それでもトロイントは立っていた。それどころかアリアを蔑《さげす》むように口を開けて笑う。

「かた〜〜い。……こっちが本命か。宝具を持ってくれば良かったよ」

「感心してる場合じゃないですよ、アリア」

「わかってる。マルセラ、ルヴィンくんをお願いね」

え？　どういうこと？

「アリアは逃げないの？」

「放っておくと近隣の里や領地が襲われるかもしれないからね。時間はかかるけど、なんとかするさ。大丈夫。ボクはこう見えて強いんだよ」

アリアは着けていたマントを脱ぎ去る。

それを見て、ふとアリアが見せた本当の姿を思い出した。

そうだ。あの姿になら魔獣の王にでも勝てるんじゃないだろうか。

僕は期待したけれど、アリアは一向にその姿にならなかった。

「アリアはどうして狼の姿にならないの？」

「変身ができるのは、満月の日の一日だけなのです」

マルセラさんは空席になっていた御者台に飛び乗り、手綱を握る。

「マルセラさん！」

「大丈夫。アリアならなんとかします。とはいえ、ただでは済まないかもしれませんが……」

どうしよう。僕がアリアたちを巻き込んでしまった。

暗殺者たちの目的はアリアたちに対する恨みだけじゃない。僕に流れる血だ。他国にセリディア王家の血筋を渡すぐらいなら、ここで確実に息の根を止めるつもりなのだろう。

僕は客車から飛び出す。

「ちょ！　何をしているのですか、ルヴィン王子」

「え？　ルヴィンくん？」

僕に魔獣を倒す力はない。かつて【万能《プライム》】のギフトを持っていた時ならともかく、今の僕は役立たずの第七王子だ。でも、そんな僕でも必要だと声をかけてくれた人がいる。一緒に行こうと、手を差し出してくれた大事な人がいる。

王宮ではただ失う様子を眺めていることしかできなかった。

けれど、もう――これ以上、誰も失いたくない。

「ギフト【料理《レシピ》】発動！」

突如、僕の目の前に巨大なレシピが現れた。

トロイントの解体方法1
トロイントの弱点は額《ひたい》です。そこには脳や様々な神経が通っています。強い衝撃を与えると、立ちどころに気を失い、しばらく動けなくなります。その間に解体を始めましょう。

「アリア！」

「わあぉ！　びっくりした！　な、なんだい、ルヴィンくん」

「トロイントの弱点は額だ。そこを狙って‼」

さらに追加情報が僕の脳裏に浮かぶ。

トロイントの解体方法2
トロイントは鼻が利く一方、目は非常に悪いです。嗅覚を麻痺させることができれば、動くことができなくなります。成功すれば恰好の的です。落ち着いて額を狙いましょう。

「マルセラさん、トロイントの嗅覚を麻痺させられませんか？」

「嗅覚？　できないこともありませんが……」

唐突に僕に指示され、マルセラさんはキョトンとしている。事は一刻を争う。すでにトロイントは状況を把握し、地面を掻いて臨戦態勢に入ろうとしていた。

「マルセラ、ルヴィンくんの指示に従おう」

「いいのですか、それで」

「知ってるだろ。ボクの勘はよく当たるって」

「……よく当たるって、せいぜい十回に二回ぐらいの確率じゃないですか！」

御者台に座っていたマルセラさんが飛び出していく。

懐から取り出したのは煙玉だ。それを思いっきり、トロイントの鼻にぶつける。

大量の煙が上がると同時に、トロイントは大きなくしゃみをし、さらに悶え苦しんだ。

「今だ、アリア」

「わぉぉぉぉおおおんんんんん‼」

無邪気な笑顔を浮かべながら、アリアはまさしく狼のように森を駆け抜ける。

固く握り込んだ拳を、僕が指示した額に打ち込んだ。

先ほどの打音とは比べものにならないほどの音量が響く。

脳や神経が詰まった部位を撃ち抜かれたトロイントは痙攣《けいれん》すると、そのまま白目を剥《む》いて倒れてしまった。

「やっ――――」

「やったぁぁぁあああああああ‼」

アリアは僕に抱き付く。

勝利の雄叫びを上げる前に、僕の顔はアリアの胸の中に収まった。

「すごい、ルヴィンくん。君ってホント最高だよ！」

「あ、アリア…………くる…………」

例の如く呼吸に困っていると、マルセラさんが近づいてきた。

「まさかトロイントの弱点を一瞬にして暴くとは……。これがセリディアのギフトの力ですか」

ギフト【料理《レシピ》】が教えてくれる範囲は、料理と関係するか否かだ。その判定はかなり緩い。魔獣の弱点を見抜く方法や、魔獣を捌《さば》くための魔剣の作り方、果ては炊事場のある王宮の設計図や、建国の方法すらレシピにできてしまう。ほぼなんでもありの万能のギフトなのだ。

「ね！　言ったろ！　ルヴィンくんはホントにすごいんだよ」

「その英雄を締め上げて何をするつもりですか、アリア」

「わあぉぉぉぉおおおおおおおん⁇　ルヴィンくん、しっかり！」

遠くの方でアリアの声が聞こえる。

良かった。二人とも無事だ。

少しは僕の力が役に立ったなら……嬉し…………い……な。

◆◇◆◇◆　アリアとマルセラ　◆◇◆◇◆

「眠ってしまいましたね」

マルセラは焚き火に薪をくべながら、アリアの太股を枕にして眠るルヴィンを見つめる。

特にアリアの尻尾がお気に入りらしく、丸めた尻尾をなかなか離そうとしなかった。

追っ手を躱《かわ》した三人はすでにエストリア王国内の森の中にいた。馬車で半日も走れば、エストリア王国の王宮に辿り着くのだが、その前に陽が暮れてしまったのだ。アリアもマルセラも夜目が利く方だが、馬はそうではない。森の中は鬱蒼《うっそう》としていて、障害物が多く、夜駆けは危険と判断したアリアは、仕方なく野宿を選択していた。

「いろいろあって疲れているのさ。ボクのために料理を作ってくれたり、トロイントの弱点を暴いたり、大活躍だったからね」

アリアは小さく寝息をつくルヴィンの額を優しく撫でる。焚き火の明かりを受けたルヴィンの顔を見て、アリアは「天使みたいだ」と言葉を付け加えた。

（まるで母子《おやこ》ですね……）

マルセラがそう思えるほど、アリアはルヴィンに心を許していた。

でも、マルセラ自身はそうではない。依然として、薄い水色の瞳は焚き火に当てられてなお冷たく、やや傾いた耳は警戒を露わにしていた。

「あえて言います、アリア。王子をここに置いて我々だけ国に戻りましょう」

「マルセラはルヴィンくんのことが嫌いかい？」

マルセラの言葉を聞いても、アリアは動揺しなかった。

うっすらと笑みを湛《たた》えながら、そのルヴィンの頬を撫でている。

「あなたの指示通り、ルヴィン第七王子のことを調べました。彼は政治的に危うい立場にあります。唯一の肉親である父から見限られ、確たる後ろ盾もない。あなたは火中の栗を拾ったんですよ」

「わからないよ、マルセラ。向こうがいらないって言ったものを拾って何が悪いんだい？」

「後々政治的な口実に使われるのがオチです。戦争になるかもしれません」

「その時は、ボクたちがルヴィンくんを守ってあげればいい」

「本気なのですね」

まったくあなたは……、とマルセラは首を振る。

二人は長い付き合いだ。顔を見れば、何を考えているかわかるほどに。

マルセラは一度眼鏡を上げる。

「ところで、どうして食べなかったのですか？」

「晩餐会の料理のことかい？」

「ルヴィン王子の言う通り、確かにわたくしたちの身体はあまり脂を受け付けません。でも、あなたの胃は頑丈です。お腹を下すなんてことはないと思いますが」

「毒さ」

「……やはり、ですか？」

「かなり慎重に盛られていたけど、ボクたちの鼻を舐めていたね」

「予想していなかったわけではありませんが、よっぽど恨まれているんですね」

「あんなことをしちゃ、そりゃね」

七年前の終戦間際、アリアたちが与《くみ》するヴァルガルド帝国と、その帝国に最後まで恭順の意を示さなかったセリディア王国との対決において、あんなことが起こった。

大陸No.1を争う大国同士の対決は、多くの時間と犠牲を伴うものだと当初予想されていた。

帝国は再三再四使者を送って、降伏を促すも、現国王ガリウスはこれを拒否。ついに開戦の幕が上がるという時、一人の騎士がセリディア王国兵十万の前に現れる。騎士は大狼となって暴風を操ると、セリディア王国兵を震え上がらせた。

結果、十万の兵は敵前逃亡し、十年はかかると予測された両雄の戦闘は、たった一日で幕を下ろすこととなった。これが世に言う『セリディアの恥辱』である。

その大狼の正体こそ、アリアなのだ。

「あの時も、さっきのトロイントの時も無茶ばかりするんですから、あなたは」

「マルセラ、心配してくれているの？」

「し、していません！」

マルセラは顔を背け、恥ずかしそうに尻尾を振る。

「こほん。わたくしはともかく、他の家臣は反対するかもしれません」

「大丈夫だよ。みんな、すぐに好きになるさ、ルヴィンくんのこと」

「仲間の中には、人族をよく思わない獣人もいることをよくご承知でしょ」

声を荒らげるマルセラの口を、アリアは人差し指で塞いた。

「しー。大人の話はここまでだ。どうやら王子様が目覚めたようだよ」

◆◇◆◇◆　目覚め　◆◇◆◇◆

空の上に、大きな花が開いているのを見て、すぐに夢だとわかった。

花火？　いや違う。でも、どの花もカラフルで、まるで万華鏡のようだ。

同時に聞こえたのは、誰かの子守歌だった。

フィオナ？　それとも僕の母親だった人の声だろうか。とても美しく、幻想めいていた。

僕の母親へーレン・ルト・セリディアは、僕を産んですぐに亡くなった。

ギフトという奇跡を持って生まれてくるセリディアの血筋。その子を生む母親には、通常のお産よりも激しい負荷がかかるそうだ。母体が頑丈でなければ、死を伴うといわれていた。

僕の母親は身体が弱かった。それでも僕を生むことを望んだ。だから、僕は母親の声を覚えていない。ただ遠い記憶において、誰でもない誰かの声を僕は覚えていた。それはもしかして、僕がまだお腹の中にいる頃に聞いた母親の声なのかもしれない。

「お母様……」

まだ微睡《まどろ》みにとらわれながら、僕は薄く目を開ける。

見えたのは焚き火に当てられたアリアの顔と、大きく張り出した胸だった。

「うわぁ！」

反射的に飛び起きる。顔面に血液が急激に上ってくるのを感じた。

「何をしてるの、アリア」

「……膝枕。知らないの？」

「知ってます！　ななな、なんで僕に膝枕なんか」

「一国の王子様を地面に寝かせるわけにはいかないじゃないか」

アリアは肩を竦《すく》めて戯《おど》ける。

慮《おもんぱか》ってのことだろうけど、どう見ても今、僕の反応を楽しんでいるようにしか思えない。

「マルセラの方が良かった？　悲しいなあ。ボクはルヴィンくん推しなのに」

「いたしません。秘書官の仕事外です」

「だってさ。ふられちゃったね、ルヴィンくん」

アリアは胡座《あぐら》を掻きながら、ケラケラと笑う。

王宮で出会った時から、どこか自由奔放な空気があったけど、今のアリアはまるで子どもだ。

たぶんこれがアリアの素の姿なのだろう。

周囲を見ると、夜になっていた。すでにセリディア王国の国境を越え、アリアが治めるエストリア王国に入っているらしい。ひとまず安心と聞いて、僕はホッと胸を撫で下ろす。けれどすぐに妙な気配を感じて、振り返った。

「と、トロイント‼」

魔獣の王と呼ばれる巨大魔猪を見て、僕は尻餅をつく。

けれど一向にトロイントは襲いかかってこない。闇夜の中でその双眸《そうぼう》をギラつかせるだけだ。

狼狽《うろた》える僕を見かねたアリアが、事情を説明してくれた。

「大丈夫だよ。ちゃんととどめを刺してあるから。もうそいつは一歩も動けない」

「じゃ、じゃあ、なんでこんなところに……」

「それはね」

アリアは得意げに鼻を鳴らす。

「本国に帰ったら、みんなに自慢するためさ」

何か真面目な理由でもあるのかと思ったら、本当に単に自慢したいらしい。

自由だな、アリアは。僕が言うのもなんだけど、子どもっぽい。アリアみたいな人が女王だと、横で頭を抱えているマルセラさんの気持ちがわかる気がする。

「わざわざ現場から運んできた理由がそれですか？」

「こんな大きな魔獣なかなかお目にかかれないよ。それにほら。おいしそうじゃないか」

「無理です。そもそも魔獣を食べられるなんて聞いたことありません」

「食べられますよ」

【料理《レシピ》】の力がおよぶ範囲は、料理に関係性があるか否かだ。

料理の作り方や食材はもちろん料理に関連するものに反応することが、この二年間【料理《レシピ》】を調べてわかった。こうして本物の魔獣を目にするのは初めてだけど、【料理《レシピ》】が反応したということは、このトロイントは食材か何かになり得る可能性があるということだ。

「ホントに食べられるの、ルヴィンくん」

「ちょっと調べてみますね」

【料理《レシピ》】を使用すると、例の文字が頭に浮かんだ。

トロイントの解体方法3
まずは放血を行いましょう。

僕は【料理《レシピ》】通りにトロイントの急所を探る。

しかし、すでにトロイントからは血が出つくしていた。どうやらアリアがとどめを刺し、運んでいるうちに血が綺麗に抜けてしまったようだ。

トロイントの解体方法4

皮を剥《は》ぎましょう。脚の付け根から胴体に向けて剥ぎます。

脂肪に沿って剥ぐと、作業がスムーズに進むでしょう。


スムーズと書いているけど、実際やってみると、かなりの重労働だ。

これだけ大きな猪の皮を真面目に剥いでいたら、朝までかかるかも。

「ボクたちの出番だね。……マルセラ」

「秘書の仕事ではないのですが」

マルセラさんは手を出し、地面と水平に薙《な》いだ。次の瞬間、トロイントを中心に突風が巻き起こる。反射的に目をつむった僕だったが、次に瞼を開けた時、トロイントの皮は剥がれ、綺麗な身が露わになっていた。

すごい。アリアの一撃を受けてもびくともしなかった皮を一瞬で……。

やっぱり、アリアと同じくマルセラさんも只者じゃないんだ。

マルセラさんは振り返り、一振りのナイフを僕に渡す。

「切り刻むことは得意ですが、繊細な制御は苦手です。あとは頼みます」

「ありがとう、マルセラさん」

いよいよ解体本番だ。皮を剥いだトロイントは、もはや大きな豚も同然。

豚の解体は、王宮でやったことがある。ただ今回の豚はちょっと大きすぎるけど……。

トロイントの解体方法5
お腹を裂き、内臓を取り出しましょう。

「ここからが問題ですね。トロイントの肌はああ見えて硬い」

「魔力で強化されてるからね」

「手伝ってあげないんですか？」

「大丈夫。それにさ。自信があるみたいだよ、ルヴィンくん」

そんな二人の会話が聞こえないぐらい、僕は集中していた。

頭に浮かんだ【料理《レシピ》】を見ながら、慎重にトロイントの肌にナイフを突き立てる。するとナイフは頑強な魔獣の肌に沈んでいく。そのままゆっくりと腹を切り裂いた。

お腹にポッカリと穴が空く。そこから内臓を取り、沢の水をかけて、中を洗浄する。

ポイント　魔獣の解体について
魔獣は魔力によって身体を強化し、大きくなった獣です。

急激に成長したことによって、身体のどこかに常時負荷がかかっており、魔獣は皮膚が破裂しないように魔力を使って抑えています。したがって魔力の筋に沿って切れば、自然と魔獣の身を切り裂くことが可能です。


【料理《レシピ》】はその魔力の筋を教えてくれる。

僕はその筋に沿って、ナイフを入れ、四肢、頭、骨という順番で切り分けていく。

ホッと一息吐いた時には、トロイントはバラバラになっていた。

「すごいよ、ルヴィンくん。弱点だけじゃなく、解体までしちゃうなんて」

「まだだよ、アリア。まだ終わってない」

「わぁおん?」

「解体したら、食べないとね」

僕は王宮から持ってきた荷物を馬車から下ろす。

王宮から脱出後、僕はアリアにお願いして、馬小屋に立ち寄ってもらった。

持ち出してきたのは、調味料だ。

「塩に、砂糖、胡椒《こしょう》。ビネガーに、魚醬《ぎょしょう》もあるよ」

手持ちの調味料を使って、早速調理を開始する。

【料理《レシピ》】の力を使えば、なんでも作ることができるけど、残念ながら調理器具は限られているし、肉料理に欠かせないワインもない。

「なので、豪快にステーキにしましょうか？」

「おお！　ステーキ！　いいね！」

「トロイントのステーキですか？」

如何にも食いしん坊なアリアは当然として、普段クールなマルセラさんまで目の色を変えていた。魔獣のステーキという魅惑的な言葉だけで、二人とも唾を飲み込む。

トロイントの赤身肉を適当な大きさに切り、さらに切れ目を入れて、中まで火が通りやすくする。そこに胡椒と塩を塗り込み、味付けをしていく。これは肉の臭みを取るためでもある。魔獣とはいえ、元は野生の動物。臭みがまったくないわけじゃない。

肉を寝かせている間、アリアと一緒に沢で石探しを始めた。闇夜の中、苦労したけど無事適当な大きさの石を見つけて、即席竈《かまど》を完成させる。早速焚き火を起こし、竈に熱を入れた。

「脂身を石に擦りつけて、竈が熱くなってきたら豪快に焼き上げる！」

ジュッという音とともに、肉の焼ける香りが竈から立ち上がってくる。

アリアも、マルセラさんも尻尾を揺らしながら、白煙を上げる肉を見つめていた。

ここで一工夫。近くに生えていたハーブを散らして、さらに肉の臭みを抑えていく。

両面と側面をしっかり焼いて……。

「トロイントの豪快石焼きステーキの出来上がりです」

熱々の石の上で、脂がパチパチと躍っている。

白い湯気は激しく立ち上り、同時に焼けた肉の芳ばしい香りが鼻腔を突いた。

ナイフで切ってみると、またその断面が魅力的だ。肉汁が蜜のように爛《ただ》れ、熱い石の上でパンパンと弾けている。僕たちは早速、食べることにした。

「う～～～～～～～～～ん！」

「わぉお～～～～～～～～ん！」

「あぁお～～～～～～～～ん！」

「「「おいしい‼」」」

声が揃った。

「思いの外、肉質がいい。独特な旨《うま》みもあって……。おいしい！」

「はっふ……。カリカリに焼けた表面と、中の肉のやわらかさがたまらないよ」

二人はご満悦だ。僕も初めて食べたけど、魔獣がこんなにおいしいなんて初めて知った。

感心していると、突如アリアが悲鳴を上げる。何事かと振り向くと、アリアの身体が光っていた。魔力だ。トロイントの肉を食べたことによって、魔力があふれ出たのだろう。大きな魔力は魔獣になるきっかけになるけど、人族や獣人族が食べると別の効果を生み出す。

「アリア……。あなた、心なしか肌が綺麗になっていませんか？」

「そういうマルセラだって……。え？　これってどういうこと？」

元々若い二人の肌が、さらに潤いを増して、モチモチの肌になっていた。

「二人とも落ち着いてください。僕の【料理《レシピ》】にはこうあります」

補足　トロイントのお肉には美容の効果があります。
※　魔獣食にはその種によって様々な効果があります。

「魔獣を食べることによって、そんな効果があったんですね」

「もっとすごいのは、それを調理してしまう、ルヴィンくんの腕だよ。どう？　マルセラ？　これでもルヴィンくんを王国に連れていくのは反対かい？」

アリアが尋ねると、マルセラさんはフォークとナイフを置いて黙り込んでしまった。

マルセラさんが悩むのも仕方がない。僕は政治的にややこしい立場にある。その上子どもで、持っているギフトだって凡庸だ。エストリア王国に利益はない。

「王子、トロイントのステーキとてもおいしかったです。ご馳走様でした。その……。もし良ければ、また作っていただけませんか？　どうやら我が国の女王は大層あなたの料理を気に入られているようです。女王のために腕を振るっていただけないでしょうか？」

「それは有り難いのですが、いいんですか？」

「何がですか？」

「マルセラさんの分はいいんですか？」

「それは────」

マルセラさんの顔が急激に赤くなっていく。尻尾を小刻みに震わせる姿は、散歩を心待ちにしている子犬みたいで可愛くすら見えた。

「あ、あなたが良ければ……。またステーキを作ってください」

「じゃ、じゃあ……。僕はアリアの国に行ってもいいんですね」

「もちろんです。歓迎します、ルヴィン王子」

マルセラさんは手を差し出す。僕は迷うことなく、その手を取った。

アリアの国で、僕の料理の腕を思う存分振るえる。そう考えるだけで、心臓が弾んだ。

「マルセラ、ボクは決めたよ。ルヴィンくんにやってほしいこと」

「もしかして料理人として雇うとか言いませんよね」

「単なる料理人じゃない。ボクの料理人……。つまり〝女王の料理番〟になってもらうのさ」

◆◇◆◇◆　セリディア王宮にて　◆◇◆◇◆

「申し訳ありません！」

大臣は斧でも振り下ろすかのように頭を下げた。

エストリア王国のアリア女王陛下、およびルヴィン第七王子の暗殺の失敗。

本来であれば叱責されてもおかしくないのだが、報告を聞いたセリディア王国国王ガリウスの態度は、どこか曖昧模糊《あいまいもこ》としていた。頭を下げる大臣に対して目もくれず、趣味としている薔薇《ばら》の剪定《せんてい》を続けている。

「なんのことだ？」

「はっ？　ですから、アリア女王とルヴィン殿下の……」

「知らんな。余はそんな命令を出しておらん。違うか、大臣」

ようやく振り返ったガリウスの瞳は、どこか獣じみていた。

大臣は慌てて頭を下げると、その場から立ち去っていく。

かつてガリウスは賢君《けんくん》として民から慕われていたが、『セリディアの恥辱』以降、その求心力は次第に失われていった。膝を悪くしたのも、大狼の声に驚き、転んだ結果だ。以来、国民の笑い話にもなっている。そんな最中に生まれたのが、七つのギフトを持つルヴィンだった。

ガリウスの手が止まる。大きく膨らんだつぼみを、真剣な眼差しで見つめた。

「大きく育ったな、お前は。しかし、お前のおかげで他の者が影になり、目立たなくなるのだ」

つぼみの元の部分に鋏《はさみ》を入れる。

落ちたつぼみを睨み付けると、花弁がバラバラになるまで踏みつけた。

◆◇◆◇◆

「あれが、ボクたちの王宮だよ」

突然、アリアは僕を担いで木のてっぺんまで登る。

眼下に広がる光景を見て、僕は思わず息を呑んだ。

地平を埋め尽くす深い緑色の森。その中心に立っていたのは、白亜の王宮だ。三つの大きな尖塔に、堅牢な城壁。城の中ではまだ小城の部類だけど、木の実の香りがここまで香ってきそうな深い森の中にあるせいか、白い王宮が映えて見えた。

「ボクの目標はね。エストリア王国を一流の国家にすること。獣人の国を他国と比べても遜色ない国にすれば、いつか人族も獣人《ボク》たちを受け入れてくれると思ってる。ボクはそのために皇帝陛下から国を戴《いただ》いて、女王になることを決めたんだ」

「一流の国家……」

「まあ、ボク自身が一流じゃないけどね。ナイフとフォークの扱いだって、うまくないし」

「なれますよ、一流の国家に……」

エストリア王国は剥き出しの原石だ。

でも、ナイフとフォークの握り方すら知らなかったアリアが、努力してテーブルマナーを会得したように、エストリア王国も研鑽《けんさん》を積めばきっと一流——いや、帝国に比肩《ひけん》するぐらいの超大国になれるかもしれない。

肥沃《ひよく》な森……。豊かな水資源……。魔力に満ちた自然……。独自の生態系によって生まれた様々な魔草や野草たち……。未知の動物たち……。魅惑の食材……。地下に眠る天然資源……。未熟でも純朴で努力を惜しまない国民性……。開拓可能な土地……。三圃制《さんぽせい》の導入……。教育制度の拡充……。魅力的な観光資源……。

そう。ボクには見える。

【料理《レシピ》】を通して、この国が大きくなっていく様を……。大地で生まれる様々な料理を……。

レシピに従えば、いつかエストリア王国はアリアが望む一流の国になれるはずだ。

もしかしたら、この【料理《レシピ》】はエストリア王国とアリアの夢を叶えるために、神様がボクに残してくれたのかもしれない。

白亜の小城を見ながら、僕はそう思わざるを得なかった。

第三話

僕たちはついにエストリア王宮へと入城する。

アリアを出迎えたのは、三人の獣人だった。

「御嬢！　長旅ご苦労様でした」

馬車を降りるアリアを見て、頭を下げたのは大きな熊の獣人だ。

短く刈り込まれた黒色の毛に、見上げるような大きな身体。脚や手の先にある爪は鋭く、光沢を帯びて光っている。濃い茶色の瞳は刃物のように鋭い一方で、片方には痛々しい刀傷が残っていた。歴戦の戦士という姿だけど、丸い耳と短い尻尾には愛嬌のようなものを感じさせてくれる。

鎧ではなく、コック服を着ているところを見ると、王宮の料理人なのかもしれない。その側で同じくコック服を着た二人の鬣犬《ハイエナ》族が、馬車から荷物を下ろしていた。双子みたいに顔がそっくりで、そのせいか息の合った動きを見せている。目が合うと、睨まれてしまった。いきなり獣人の国に人族がやって来たのだ。警戒されて当然だろう。

「やあ、バラガス。料理長の君がお出迎えかい」

「あっしでは力不足でしたか。騎士団は出稼ぎに行ったきりでして。……それよりセリディア王国はどうでした？」

「熱烈な歓迎、とはいえないかな。食糧の交渉もご破算になっちゃったし」

「へぇ……。それでこんな坊主を連れてきたと」

アリアがバラガスと呼ぶ黒い熊の獣人は、僕を睨み付ける。

圧倒的な殺気に、僕はつい固まってしまった。

「それで？　なます斬りにしやす？　それともひとおもいに丸呑み？」

え？

「こらこら。バラガス、ルヴィンくんがびっくりしてるじゃないか」

「いや～、てっきりこれが食糧かと」

「ルヴィンくん、今のは冗談だからね。いくらボクでも人間なんて食べたりしないから」

青ざめている僕に、アリアは必死のフォローを入れる。

昔から獣人には食人の文化があると思われてきた。人族が獣人を恐れる理由の一つだ。しかし、これらの認識は最近になって間違いであることがわかった。つまり獣人は人を食わないのだ。それでも間違った認識が根強い理由の一つが、獣人が自身の爪や牙を武器にするからだといわれている。特に牙を使って、頸動脈を切ったりする姿は、遠目からだと人を食べているように見えてしまうからだ。

アリアたちは過去の戦争において、最強の傭兵団として恐れられてきた。

でも、アリアたちが今後戦う敵は、獣人に対する謂われのない差別なのかもしれない。

「ちょうどいいや、バラガス。紹介するね。この子はルヴィン・ルト・セリディア」

「セリディアって……。この小僧、王族なんすか⁉」

「そう。そして、この子にはボクの専属料理番になってもらう。つまり〝女王の料理番〟というわけさ」

「じょ、〝女王の料理番〟って……。待ってくださいよ、御嬢。あっしを差し置いて、なんでこの小僧が……」

「不服かい、バラガス」

アリアがギラリと睨むと、それまで怒り心頭だったバラガスさんは口を閉じた。

一触即発になりかけた雰囲気の中、秘書官のマルセラさんが間に入る。

「二人ともそこまで……。バラガス、ひとまず従ってください。うちのリーダーが言い出したら聞かないことは、あなたもよく知っているでしょ？」

「そりゃわかってるけどよ」

「心配しなくても、責任者は引き続きあなたです、バラガス。だから、炊事場の中のことまで、アリアは口を出したりしません。ですね、アリア」

アリアは頷く。

「つまり、あっしなりにあいつを教育しろってことか？」

「言っておきますが、料理の腕は確かです。ただ煮るなり焼くなりはお任せします」

「本当に食べちゃいますよ」

「…………」

「じょ、冗談だ、マルセラ。けど、使えなかったら即刻追い出しますからね」

バラガスさんはアリアの荷物を肩まで持ち上げると、王宮の奥へと引っ込む。

その後ろを歩く鬣犬《ハイエナ》族の二人は、僕の方を見るなり、舌を出した。それをアリアに見つかり、慌てて王宮の奥へと逃げていく。

わかっていたことだけど、あまり歓迎されていないようだ。

「バラガスの奴、臍を曲げちゃって……」

「今のはアリアが悪い。バラガスだってエストリア王国の炊事場を支えてきた自負があります。突然女王の料理番などと言われれば、臍を曲げるのは当然です」

「でもさ。ルヴィンくんを見るなり、『食う』とか言ったんだよ、ぷん！　ぷん！」

「それはバラガスが悪いですが……」

「ルヴィンくん、どうする？　なんだったら、バラガスと違う炊事場を使って」

「いえ。僕はバラガスさんと仕事がしたいです」

バラガスさんの指は爪の先まで、よく手入れされていた。コック帽もエプロンも毎日洗っているみたいだし、毛を短く刈り込んでいるのも、料理に毛を落とさないためだろう。

見た目は怖くとも、あの人はちゃんとした料理人だ。少なくとも僕の目にはそう見えた。そんな人から、きっと何か学ぶことがあるはずだ。

横でアリアが心配する中、僕は少しワクワクしていた。


次の日から僕は炊事場で働き始めた。

獣人が治める王宮とはいえ、炊事場にある設備はなかなか立派だ。

三つの竈に、パンを焼く窯《かま》が二つ。大きな作業テーブルが三つも並んでいる。

食器棚は八つもあって、高級そうな皿や器がいくつも並んでいた。

今日から僕の職場になるかと思うと、ドキドキしてしまう。

「なんだ、お前。もう来たのか」

バラガスさんが炊事場に入ってくる。遅れて鬣犬《ハイエナ》族の二人も登場した。

僕の姿を見つけると、また舌を出して威嚇する。

「まだ夜が明けたばかりだってのに。早いな。誰に言われた？」

「せ、セリディア王宮の料理人たちはいつもこの時間から仕込みをしていたので」

「王宮ね……」

バラガスさんは目を細める。

しまった。今の言い方はちょっとまずかったかもしれない。

バラガスさんは何も言わず、手を入念に洗い、竈に火を入れる。

鬣犬族《ハイエナ》の二人も食品庫から野菜や木の実を持ってくると、皮を剥いたり、野菜を切ったりして、下拵えを始めた。僕も手伝おうとして、箱に手を伸ばしたけど、その前に鬣犬族《ハイエナ》の二人に威嚇される。

「あの……。僕は何をすれば……」

「何もしなくていい。今日はそこに立ってな」

立ってって……。え？　僕、炊事場にいていいの？

だって、王宮ではちょっといるだけで、摘まみ出されていた。なのに炊事場に立っていいなんて……。しかも、ここにいる料理人たちの技術を見放題じゃないか！　それって僕にとってパラダイスなんですけど！

バラガスさんって、強面《こわもて》に見えて、意外と優しい人なのかもしれない。


朝食を作り終わっても、炊事場に休みはない。

バラガスさんたちは、そのまま昼食の準備を始める。セリディアと一緒だ。

どうやらエストリア王国の王宮も一日三食らしい。セリディアでは貴族や王族こそ三食だけど、お金のない平民や農民は一日二食で日々暮らしている。獣人は食欲旺盛だと聞いた。種族の特性上、一日三食と決めているのかもしれない。

そして昼食の時間が終わると、バラガスさんは僕を呼びつけた。

「おい。皿洗いしろ」

流し台を指差す。そこにはすでにたくさんの皿や器、鍋などが山のように積まれていた。

「綺麗にしろよ」

「はい。頑張ります」

「なんで嬉しそうなんだ、お前。変な小僧だ」

嬉しいに決まっている。まだ一日目なのに、仕事をもらえたのだ。

一年ぐらいは、炊事場に立たされているだけなんじゃないかと覚悟していた。それがたった数時間でいいなんて！　むしろもうちょっと立っていたいぐらいだった。

よーし、と腕まくりし、一つ皿を持ち上げる。

「重っ！」

思わず悲鳴を上げてしまった。

それもそのはず。僕の顔よりも大きな大皿だったからだ。

「絶対に割るんじゃねぇぞ。割ったら、即刻出てってもらうからな」

バラガスさんは念を押し、自分の持ち場に戻っていく。

僕に気合いを入れさせるために、厳しい言葉を投げかけたのだと思うけど、僕には元よりそのつもりはない。折角、バラガスさんが与えてくれたチャンスだ。完璧にこなして、早く認めてもらわなきゃ。

「よーし。頑張るぞ！」

僕は気合いを入れ直し、皿洗いを続けた。

◆◇◆◇◆　晩餐の席にて　◆◇◆◇◆

ルヴィンが炊事場で働くようになって二日目。

その晩、アリアはバラガス自慢のステーキを幸せそうに頬張っていた。

バラガスが焼くステーキは、実にシンプルだ。最小限の味付けの後、表面が焼け焦げるギリギリまで焼く。そのため表面はカリッと、中はジューシーという食感をもたらすことに成功していた。

「それで？　ルヴィンくんは役に立ってる？」

ルヴィンという言葉を聞いて、黒熊族《くろくまぞく》の獣人はすぐに仏頂面になる。

その顔を見て、機嫌良く食べていたアリアは眉間に皺を寄せた。

「まさか皿洗いしかさせてないなんて言わないよね、バラガス」

「そ、そんなことありませんよ、御嬢。……ただあいつの作る料理はレベルが低くて。今は基礎からやらせてます」

「基礎ね。なるほど。ちゃんと教育してるんだ」

アリアは満足そうに椅子に座り直し、ステーキを手で掴んで頬張る。

本来、王宮では作法通り食べないと、マルセラに叱られてしまう。マナーを普段から気を付けておかないと、いざ他国の王や貴族と会食することになった場合、恥を掻いてしまうからだ。引いては国の威信を揺るがすことになるので、アリアもマルセラも意識してマナー向上に励んでいた。

気づいたアリアは「しまった」という顔をしながら、晩餐に同席していたマルセラの顔を見る。当の秘書官はフォークに付いたソースを、真剣な表情で見つめていた。

「マルセラ、どうしたの？」

「あっしが作ったソースに何か気になることでも？」

アリアとバラガスの声に、マルセラはハッと我に返った。

「このステーキ……いつもと何か違うな、と。具体的に何かとは言えないのですが」

「やっぱり？　ボクも思った。いつもと何か違うんだよね」

「味付けでも変えたんですか、バラガス？」

マルセラの質問に、バラガスは首を振るしかなかった。

そして、その違和感の正体がわからないまま、ルヴィンが来て、五日が経過した。

その夜も最後にルヴィンに皿洗いを任せて、バラガスは先に炊事場を後にする。

「戸締まりと、窓の鍵をちゃんと閉めるんだぞ」

「わかりました」

ルヴィンは手を泡だらけにしながら、バラガスの声に応える。

五日間、バラガスはルヴィンに皿洗いか、立たせて自分の作業を見せることしかさせてない。

予想ではすぐに音を上げるか、怒って出ていくと思っていたが、ルヴィンにその気配はなかった。それどころか立っていても、皿洗いをしていてもニコニコしている。

「変な奴……」

その日も笑いながら、皿洗いをしているルヴィンを見て、バラガスは炊事場から出ていった。


翌朝――。

バラガスが少し早めに炊事場に顔を出すと、ルヴィンがすでに立っていた。

流し台で皿を洗っている。昨晩見た光景と同じことに気づき、バラガスは眉根を寄せた。

「あ。バラガスさん、おはようございます」

「お前、まさか徹夜したのか？」

確かに昨晩、洗わなければいけない皿や鍋の量は多かった。

客人がやって来て、アリアと一緒に晩餐をともにしたからだ。

結局客人は王宮に泊まることになり、今朝はその仕込みのために早めに炊事場にやって来たのだ。

「いえ。ぐっすり眠りましたよ」

「じゃあ、なんで？　……さてはお前、仕事を残して」

「違います違います。昨日全部洗って、炊事場を後にしました」

「ならなんで今さら皿を洗ってるんだ？」

「夜と朝に二度洗いしているんです」

「は？　二度洗い？」

バラガスは思わず目が点になった。

彼は元傭兵でも、その前は小さな食堂の長男坊だった。

子どもの頃から父親の背中を見ながら、料理人を志し、成人してからその父親の弟子となり料理の道へと踏み出した。しかし、数年後獣人たちは戦争に参加することとなった。アリアとは仲が良かったバラガスは傭兵団の遊撃担当兼料理担当として参加した。その功もあって、王宮の料理長を任せられ、腕を振るっている。

人族からすれば古くさい技術かもしれないが、料理の知識と腕には覚えがあった。しかしバラガスの長い調理人生において、皿や調理道具を二度洗いするという文字はどこにもない。

「そんなことをして、どうなるんだよ？」

バラガスが質問すると、ルヴィンは二つの鍋を差し出した。

一方は二度洗いした鍋。もう一方は夜に洗っただけの鍋だという。

どちらも綺麗に洗われていたが、鼻を近づけてみてすぐにわかった。

「夜に洗っただけの鍋の方が、臭う」

鍋に鼻を近づけてみないとわからないぐらい微細な違い。油や料理の匂いではない。小雨が降った森の中の匂いと似ている。だからこそ、バラガスは臭いの原因にすぐ気づけた。そしてルヴィンが決して皿洗いをサボったわけではないことを理解する。

「炊事場の湿気が原因か」

「その通りです」

炊事場は水を使うせいもあって、湿度が高い。そもそもエストリアは森に囲まれた土地柄だから、余計にだ。しかも防犯のために帰り際には必ず窓や扉を閉めている。食糧事情が不安定なエストリアでは、盗みが日常茶飯事だからである。

そんな環境に置いていれば、たとえ数時間だろうと、かび臭くなるのは当然だった。熱を通せば問題ないだろうし、腹を下すこともない。それでも皿にこびり付いた匂いはどうしようもなかった。

「あ。まさか――――」

バラガスは以前晩餐の席でアリアが口にした違和感のことを思い出す。

あれは普段何気なく嗅いでいたかび臭さが、ルヴィンが皿を洗うようになって、なくなったことの違和感だったのだ。

「お前、王宮でも同じことをしてたのか？」

「王宮でもそこまでしてませんよ。ただエストリアと炊事場の環境、何より香りに敏感な種族が多い獣人の方々なら気になるかなと思ったんです。……些細な匂いほど気になって、食事が喉を通らない人もいますから」

「なんでそこまで……」

「敬意です。食べる人への」

ルヴィンの言葉を聞いた時、バラガスの脳裏によぎったのは炊事場に立つ父親の姿だった。

自分に料理のイロハを教えてくれた父親。目標だった父親。今ルヴィンの話した言葉は、まさしくそんな父親から何度も聞いた金言だった。

バラガスは頭を掻きながら反省する。王宮の料理人になり、変なプライドを持つあまり料理人として大事なことを忘れていたことに気づいた。

(今のあっしを見たら、親父にどやされるだろうな)

自分を戒めるようにバラガスは頭を掻いた。

「ルヴィン、一つ聞かせろ。お前、なんでいつも笑ってんだ。皿洗いなんて退屈だろ？」

「そうでもないですよ。……王宮では皿洗いすらさせてもらえなかったので」

聞けば、王宮ではルヴィンはいないものとして扱われていたらしい。

その話を一通り聞いたバラガスは……。

「ぐおおおおおおおおお‼　なんだよ、それ！　めちゃくちゃひどいじゃねぇか」

ルヴィンを力いっぱい抱きしめて、泣いた。さらに……。

「ギィ！　ギィギィ（お前、そんな苦労してたのか）！」

「ギィギィギギィ（王宮のボンボンだと思ってたのによ）」

途中から話を聞いていたジャスパーとフィンという名の鬣犬《ハイエナ》族も泣いていた。

ルヴィンはというと、バラガスに抱き付かれながら、頬を緩めて、そのモフモフの毛の感触を堪能していた。

「はあ……。モフモフ……」

「なんか言ったか、ルヴィン」

「あ。いえ……。なんでもありません」

「……よし、ルヴィン！　なら今日から他の仕事もしてもらう」

「本当ですか？」

「ただし条件がある。あっしらに賄《まかな》いを作れ。おいしいとあっしらを唸らせれば、明日から包丁を握ることを許してやる」

「あ、ありがとうございます」

「礼を言うのは、あっしらの舌を唸らせる賄い料理を作ってからにするんだな」

バラガスは不敵に笑うのだった。

「ぐおおおおおおお！　うめぇ〜〜〜〜〜〜〜〜〜〜〜〜〜〜ええええ‼」

バラガスさんは炊事場で料理を掻き込みながら吠えた。

ジャスパーとフィンも、皿を持ち上げ、夢中で頬張っている。

三人とも皿まで食べるんじゃないかって勢いに、僕はお玉を持ったまま圧倒されていた。

バラガスさんたちが今食べているのは、僕が作った賄い料理だ。

その名も、熟成トロイント肉を使った馬鈴薯とキノコのソテー。

以前アリアが仕留め、氷室の中に保存していたトロイントの肉を使った料理だ。

熟成トロイント肉を使った馬鈴薯とキノコのソテーの作り方。

1　室温に戻したトロイントの肉をたこ糸で縛る。

2　塩胡椒、大蒜《にんにく》といった調味料をこすりつけ、牛酪《バター》、ハーブ、ラードをかける。

3　窯で二十分ほど焼き、時々肉汁を回しかける。

4　窯の火を落とし、余熱で三十〜四十分休ませる。

5　馬鈴薯は皮を剥き、輪切りにし、水に浸してアクを抜く（水分をよく切る）。

6　皮を剥いた大蒜を潰す。玉葱も皮を剥き、薄切り。
7　キノコは石づきを落として、半分に。
8　フライパンに牛酪《バター》、玉葱、大蒜を入れて炒める。キノコを加え、塩胡椒する。
9　ソテーしたキノコを取り出し、キノコから出た出汁をそのままにする。
10　牛酪《バター》を入れたフライパンに、5の馬鈴薯を弱火でじっくりソテーする。
11　9のソテーしたキノコを入れ、強火で一緒にソテーする。
12　肉汁と9の出汁を使って、4の肉を煮詰め、塩胡椒、牛酪《バター》で味を調える。
13　切った肉を大皿に盛りつけ、キノコと馬鈴薯のソテーを添え、最後に12のソースをかけ完成。※お好みでハーブも。

「なんだ、このお肉の食感は‼　外はカリッとして、中はやわらか～い。しかも噛めば噛むほど肉汁があふれてくるじゃねぇか。何よりこの肉の旨み！　たまんねぇ！　芳醇なキノコのソースと相まって、口の中に森そのものが生えてくるみてぇだ」

「ギィギィギィ（キノコもうまうま……）」

「ギィ……。ギギィ、ギギギィ（馬鈴薯も……。外はカリッと、中はほっこり）」

「「「はあ～～。世の中にゃこんなにうまいもんがあんのか～～」」」

三人は叫ぶと、アリアとマルセラさんが初めてトロイントを食べた時のように光り始める。あふれ出た魔力は、今度はバラガスさんたちの毛に作用したらしい。艶々に光り輝き、モフモフ度がアップする。やわらかそう……。触りたい。ダメかな……（じゅる）。

「こいつが魔獣食の効果って奴か。御嬢が惚れるわけだぜ。よし。決めた」

「何でしょうか？」

「お前……じゃなかった。ルヴィン、今日から料理長をやれ」

「え？」

料理長‼

◆◇◆◇◆

こうして僕は獣人の王国の料理長となった。

当初は冗談だと思っていたけど、バラガスさんは本気らしい。

公式の場でも僕が料理長と紹介され、女王陛下の献立を考え、国賓が訪問される場では僕がもてなすことになった。僕は六歳だ。さすがに公式の場で紹介されるのはまずいんじゃないかと思ったけど、バラガスさんは「獣人の料理長も結局舐められる」と言っていた。誰が料理長になろうと、対外的には変わらないのだそうだ。

心の整理はまだできていないけど、存分に料理の腕が振るえることは素直に嬉しい。炊事場には一通り道具が揃っているし、バラガスさんも鬣犬《ハイエナ》族のジャスパーもフィンも協力的だ。食糧難が続いているので、備蓄が心許《こころもと》ないけど、王宮にいる時のことを思えば、はるかに僕は自由だった。

そうはいっても、毎日の献立を決めるのは大変だ。食品庫に残った備蓄と睨めっこし、アリアを含む各要人の好みと嫌いな料理や食材を把握しながら、悪戦苦闘の毎日が続いていた。

ある朝、炊事場に出勤すると、バラガスさん、ジャスパー、フィンが集まり、難しい顔をしていた。今はまだ夜が明けきらない時間帯。バラガスさんはともかく、出勤時間ギリギリにしかやって来ないジャスパーとフィンまで揃っているのは、珍しいことだった。

「おはようございます、みなさん」

「おう……じゃなかった、おはようございます、料理長」

「ギィギ！」

「ギギッ！」

ジャスパーもフィンも人語が苦手らしい。

聞き取ることはできるみたいだけど、喋るのがあまり得意じゃないそうだ。

「料理長、ちょうどいい。今日予定していた献立は全部キャンセルだ」

「もしかして急なお客さんですか？」

「騎士団が帰ってくる」

エストリア王国には女王直属のエストリア王国騎士団がいる。

そのほとんどが、以前アリアの率いていた獣人傭兵団『番犬《ドーベル》』に属していた傭兵たちだ。その名がなくなった今も、エストリア王国の騎士団として傭兵稼業を続けている。『番犬《ドーベル》』の強さは、大陸全土に知れ渡っていて、魔獣の討伐から要人護衛までひっきりなしで依頼が入ってくるらしい。今ではエストリア王国の貴重な外貨獲得手段になっているそうだ。

その騎士団たちが、南の魔獣討伐から四カ月ぶりに帰ってくるという。

「なら、おいしい料理で労《ねぎら》わないとですね。献立を今すぐ変更します。まずは騎士団長さんの好物から教えてください」

「好き嫌いとかは特にないはずだ。……好みっていう話なら、アリア女王だろうな。あいつの忠誠心は半端ねぇから」

「忠誠心？」

「昔、人族に捕まったことがあってな。だけどあいつ、拷問されても一切情報を吐かなかったんだ。仲間を守るため。ひいては御嬢への忠義を示すためにな」

拷問に耐えるなんて。本当にすごい人なんだな、騎士団長さんは……。

「料理長はまだ騎士団長に会わない方がいいかもしれねぇな」

「え？　どうしてですか？」

「拷問されたせいで人族が嫌いなんだ。最悪、会った瞬間に襲いかかってくるかもしれねぇ」

セリディア王国が獣人たちを嫌うように、獣人の中に僕たち人族を嫌う人がいても不思議ではないだろう。だけど、エストリアの王宮にいて、今のところ僕自身は身の危険を感じたことがない。獣人たちは至って紳士な人ばかりだ。それはアリアの統率が行き届いている証拠なのだろうけど、騎士団長さんみたいな人がいても、なんらおかしくない。

「まずはあっしらが事情を話すからよ、ひとまず料理長はどこかに隠れててくれ」

「わかりました。バラガスさんがそう言うならお願いします」

予定を変えて、僕たちは騎士団用の献立を作り始める。

その彼らがエストリア王国の王宮に凱旋したのは、ちょうど昼前だった。

王宮の城門が開くと、続々と騎士たちが入城してくる。中には痛々しい傷を負った獣人もいたけど、全員が手を振って歓声に応えていた。花吹雪と拍手にまみれ、一番目立っていたのは火蜥蜴《ひとかげ》族の身体に、風見鶏《かざみどり》族の翼を生やしたハーフの獣人だ。

「あれが騎士団長さんか」

エストリア王国の騎士団長リース・ヴォルデアさんだ。

赤く溶岩が冷え固まったような肌に、如何にも騎士然としたガッチリな体型。角の間にある髪がやわらかく揺れる一方で、琥珀《こはく》色の瞳は鋭く光っていた。何より珍しいのは真っ白な翼と、爬虫類の尾という組み合わせだろう。リースさんを見ていると、そこばかり目がいってしまう。

場所を王宮の中に移すと、帰還した騎士団をアリアが迎えた。

「ご苦労だったね、騎士団のみんな。リース、首尾はどうだった？」

「上々にございます、女王陛下。南にいる魔獣どもを駆逐して参りました。領主殿も大変助かったと申しておりました」

「それは良かった。……でも、まさかまた作戦を忘れて、無茶な突撃をしたりしてないよね」

「ご心配めされるな、女王陛下。作戦を完璧に遂行したであります」

「うそつけ‼」

リースさんの頭をはたいたのは、その横で膝を突いたハーピー族の副官だ。

綺麗な水色の翼に、猛禽《もうきん》のような鋭い爪が付いた足。風の精霊の祝福を受けたような緑色の髪は綺麗で、目は翼と同じくサファイアみたいに輝いている。

バラガスさんの話では、騎士団の副官で名前はサファイア。

ハーピー族という話だけど、彩色がとにかく派手な姿をした女性だった。

「この天然鳥頭！　もう忘れたんか？　あんた、途中で作戦を忘れたやろ」

「そうだったか？　しかし魔獣を無事駆逐できたのだから良いではないか？」

「アホ！　あんたが不用意に突撃したおかげで、こっちに損害が出とんねん‼」

「何⁉　誰がそんな損害を……。おのれ、許せん！」

「お前じゃぁぁぁあああああ‼」

突然リースさんとサファイアさんの漫才が始まる。

リースさんの天然鳥頭と、キレのいいサファイアさんのツッコミが、しばらく謁見の間に響き渡った。同席していたバラガスさんが爆笑すれば、マルセラさんは頭を抱える。アリアもその一人だ。仲間の失敗に寛容なアリアも、さすがにかばいきれないらしい。

「詳しい報告は後で聞くよ。バラガスが騎士団のためにおいしい料理を用意してくれた。久しぶりの故郷の味を存分に味わってよ。腹ごしらえを終えたら、反省会をしよう」

「お待ちを、女王陛下。その前に王宮に入り込んだ賊を捕まえてみせましょう」

瞬間、リースさんの姿が消えた。その様子を離れたところからうかがっていた僕だったが、不意に大きな影が頭上を覆う。振り返ると、真っ白な翼を広げたリースさんが立っていた。

「何故、こんなところに人族の子どもがいるのですかな?」

硬い鱗から匂い立つ強者感。僕を睨む琥珀色の瞳からも、濃い殺気があふれていた。

先ほどサファイアさんと一緒に、喜劇を演じていた獣人と同一人物とは思えない。

目の前に立っていたのは、まさしく復讐に燃える鬼だった。

「まずい！　ルヴィンくん‼」

「料理長がやべぇ！　おい。リース、その人はな」

アリアとバラガスさんが慌てて駆け寄ってくる。

でも、もう遅い。リースさんは手を開くと、僕に向かって振り下ろした。

「一体、どうしたのだ、子どもよ。迷子なのか？　父と母はどうした？」

リースさんは涙目の僕の頭を撫でる。

どうやら僕を王宮に紛れ込んだ迷子か何かだと勘違いしているらしい。

親身になりながら、僕の両親について尋ねてきた。

なんか聞いていた印象と全然違うんだけど……。

「驚かすなよ、リース。てっきりあっしは、お前が人族に恨みを抱いてて、料理長を食っちまうんじゃないかと思っちまったよ」

「うん？　人族に恨み……？　なんのことだ？」

「おいおい。もしかして拷問されたことも忘れちまったんじゃねぇだろうな」

リースさんは首を七十五度に傾ける。

どうやら、バラガスさんの言う通り、拷問されたことすら忘れてしまったらしい。

このぶんだと、拷問されても情報を漏らさなかったのって、単に忘れていただけなんじゃ……。大丈夫かな、この人が騎士団長で。悪い人ではなさそうだけど。

「リース、紹介するよ。その子はルヴィンくん。今もっとも信頼するボクの料理番だよ」

「料理長のルヴィンです」

僕は手を差し出す。しかし、その手が握られることはなかった。

突如、リースさんの様子が一変する。琥珀色の瞳はつり上がり、敵を威嚇するが如く白い翼を広げる。まるで闘鶏だ。

「アリア女王陛下、先ほどなんと仰いましたか？」

「え？　だから、ボクが今もっとも信頼する料理番‼」

「なんですってぇぇぇぇぇぇぇええええええ‼」

「ぉぉおおおおん⁇　なんでなんで？　どうして怒ってるの、リース」

「女王陛下がもっとも信頼するのは、この我が輩でなければならないのです」

「え……。えええええええええええ‼」

リースさんは怒っていた。横でサファイアさんが落ち着けと言葉をかけていたけれど、まったく鎮まる気配がない。瞳を鋭く尖らせ、さらに全身の魔力を解放する。毛穴から赤い魔力が吹き出したリースさんの姿は、燃えさかる炎のようだった。

そんなリースさんは鷲のように先が曲がった爪を僕に向けると、こう言い放つ。

「決闘だ‼　ルヴィンくん、どっちが陛下にふさわしい忠臣か勝負しようじゃないか‼」

け、決闘っっっっっっっっ⁉

◆◇◆◇◆

セリディア王国元王子vsエストリア王国騎士団長リースの決闘は、瞬《また》く間に王宮中に広まった。建国後、喧嘩は厳しく処罰されるようになったとはいえ、やはり獣人は血の気が多いというのは本当のことらしい。決闘と聞くや否や王宮の庭園に、獣人たちが集まってくる。

異様な盛り上がり方に呆然としていると、アリアが僕の肩を叩いた。

「ルヴィンくん、何もこんな決闘なんて受けなくてもいいんだよ。ボクがルヴィンくんと仲良くしろって話せば、リースは仲良くなってくれるはずなんだ」

「それはアリアが命令したからであって、本当にリースさんと仲良くなれたわけじゃないから。それにずっと引っかかってたんだ」

「何が?」

「人族は昔から獣人を迫害してきた。僕もその一人……。そんな僕が女王の料理番をしていることを納得していない獣人が、必ずいると思うんだ」

「だから、決闘を受けたの?」

「それがエストリア王国流のやり方なら」

「ルヴィンくんって、結構勇ましいところがあるんだね。惚れ直しちゃった。頑張ってね」

アリアはポンと僕の頭を叩いた後、用意された椅子に座った。

勝負は三本。二本先取した方が勝ちだ。

一本目の勝負は、筆記試験。内容は歴史、文化、軍事、算学などの一般教養らしい。騎士団の入団試験に使われているという。どんなレベルの問題かは知らないけど、勉強は得意な方だ。

大学で出るような問題を解いて、昔フィオナを驚かせたこともあった。

「この勝負どう思いまっか？　解説のマルセラはん」

「ただ横に座っただけで、解説役にしないでください、サファイア。……こほん。どう見ても、一本目はルヴィンくんの勝ちでしょう。そもそも相手がある意味悪い」

「そうやなあ。リースは鳥頭やし。元々頭が悪いし」

いつの間にか実況・解説役となったサファイアさんと、マルセラさんが勝負の行方を占う。

しかし、そんな中――リースさんの高笑いが、王宮の庭園に響き渡った。

「笑止‼　我が輩が何も対策していないとお思いか⁉　こんなこともあろうかと、事前にテストを入手しておいたのだ‼」

「ええっ！　そんなことをしていいの？」

「甘いな、ルヴィンくん。勝負とは始まる前から始まっているのだよ」

「そんないい顔で言われても……。それって立派な不正ですよね」

「問答無用！　正々堂々勝負だ‼」

全然正々堂々じゃない！

いや、ここは一旦落ち着こう。動揺していては、できるテストもできなくなる。これはテストだ。満点を取れば、少なくとも引き分けに持ち込める。幸い難易度はそんなに高くない。

冷静さを取り戻した僕は、順調に問題を解き進めていく。ふと隣を見ると手が止まった。試験が始まってまだ五分。なのにリースさんは鉛筆を机の端に置き、腕を組んでいたのだ。

まさか！　もう解答し終わったの？　早い、早すぎるよ！

「…………答えを忘れてしまった」

ずごぉぉぉぉおお（ルヴィンが机から盛大にこける音）‼

「なんと！　結局リースは鳥頭だったぁぁぁあああああ‼」

こうして一本目の勝負は、僕が勝利したのだった。


一本目の筆記試験は僕の勝ちだったけど、二本目の基礎能力試験はリースさんが圧勝した。いくらなんでも獣人に正面から体力勝負を挑んで、勝てるわけがない。まして僕は子どもだ。騎士団長のリースさんにまったく歯が立たなかった。

これで一対一の同点。つまり三本目を制した方が勝ちとなる。

「三本目は狩りだよ。獲物を捕まえて、ボクのところに持ってきて。相手より大きな獣を獲ってきた方が勝ちだ」

アリアから説明を受けた僕とリースさんは、森の中へと走っていく。

さすがに僕だけでは危ないので、騎士団の獣人を一人、護衛としてつけてもらった。

「解説のマルセラさん。三本目もリースの有利とちゃいますか？」

「身体能力はともかく、獣人の子どもは森を遊び場にして育ちます。森を熟知しているリースの方が圧倒的有利でしょう」

「ルヴィンくん、絶体絶命っちゅうことでしょうか、解説のマルセラさん」

「そう単純に決着はつかないでしょう。ルヴィン王子にはギフトがありますからね」

そう。僕にはギフトがある。

【万能《プライム》】のギフトはもうなくなったけど、まだ【料理《レシピ》】が使える。

体力では劣るけど、獲物を捕る方法は何も腕力だけじゃない。【料理《レシピ》】の指示に従い、知識と工夫をこらせば、僕でも大きな動物を捕獲できるはずだ。

問題は勝利条件だね。大きな獲物となれば、野生動物だけとは限らない。

騎士団長のリースさんなら、野生動物よりもはるかに巨大な魔獣を狙うはず。僕も魔獣を狙わなければ勝負に負けてしまう。危険は承知の上だ。でも、リースさんや、騎士団員の人に認めてもらうためには、生半可な決着では終われない。

この決闘は獣人たちに僕の覚悟を見てもらうためでもあるからだ。

「よしっ」

チラチラと【料理《レシピ》】で確認しながら、僕は小さな穴を掘る。

落とし穴というほど深くはない。僕の背丈でいうと膝下ぐらいまでの高さだ。そんな落とし穴をいくつも作ると、底に棘の付いた植物を敷き詰めていく。その上に枝葉を置いて、隠せば罠の完成だ。

僕の奇怪な行動を見て、護衛をしてくれている豚鼻《ぶたばな》族の騎士は鼻で笑った。

「はは。そんな小さな落とし穴じゃあ、猪だって捕まらないぞ」

「大丈夫。これでいいんです」

仕上げに狙っている魔獣の好きな匂いを辺りに擦りつけておく。

準備完了。あとは、獲物が僕の罠に引っかかるのを待つだけだ。

◆◇◆◇◆　スタート地点　◆◇◆◇◆

決闘三本目が開始されて三十分後、リースが獲物を担いで戻ってきた。

赤く濡れたような角を持つ、ユニコーンの亜種——ブラドコーンである。

普通の馬の一・五倍ほど大きな魔獣を軽々と持ち上げたリースは、早速アリアに献上した。

「さすがはリースだね。お見事」

「有り難きお言葉。ところで、あの人族は？」

「ルヴィンくんなら、もう少し時間がかかるかもね。まあ、くつろいでなよ」

「ならば、女王陛下。一つお尋ねしてもよろしいでしょうか？」

「なんだい？」

「何故、あの人族を受け入れたのですか？」

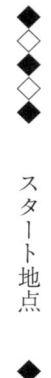

常に戦いの中で生きてきたリースにとって、強さこそすべてだ。強くなくては生きてはいけない。強いからこそ生きていける。リースはそんな家族と社会の谷間で生まれ育った。騎士団長になれたのも、アリアが自分を側に置いてくれているのも、自分が強いからだと考えている。だから、アリアがひ弱な人族を連れてきたと聞いて、どうしても納得できなかったのだ。

「仮に戦場でボクとリース二人だけが残ってしまったら、リースならどうする？」

「むろん矢が尽き、剣が折れようとも陛下をお守りする所存！」

「君ならそうするだろうね。……なら、ボクの代わりにルヴィンくんだったら、君はルヴィンくんを守って死ねるかい？」

リースが首を振るのを見て、アリアは少し誇らしげに笑った。

「ルヴィンくんは違う。彼はね。過去に他国を恐怖のどん底に落としたせいで、晩餐の席で孤立無援になっていた獣人の女王に、温かなビーフシチューを差し出してくれた。ルヴィンくんは味方にも敵にも幸せになってほしいと本気で思っているんだ。そういう子なんだよ」

「女王が何を言いたいのかわかりません」

「そういう強さもあるってことさ」

アリアはそう言って、森の中を覗き込む。

気が付けば、一時間が経とうとしていた。

「ルヴィンくん、大丈夫かな？」

「護衛がついているので大丈夫かと思いますが……。我が輩が見て参りましょう」

リースは琥珀色の瞳を光らせると、翼を広げて森の奥へと飛んでいった。

◆◇◆◇◆　森の中　◆◇◆◇◆

「はあ……。はあ……」

息を切らしながら、僕は森の中を走っていた。

背後を見ると、鎧を纏った豚鼻族の騎士がついてくる。

いや、ついてくるんじゃない。追いかけられているのだ。

「待てよ、ガキ！」

豚鼻族は叫ぶ。握った槍の先端には血が付いていた。

僕は腕を押さえながら、森の中を走る。その腕からは血が垂れていた。

ここは僕が生まれ育ったセリディア王国ではなく、エストリア王国だ。土地勘などなく、遮二無二走ったおかげでどの方向に王宮があるかわからなくなってしまった。

（どうして、こんなことに……）

トラップを設置した直後、僕の護衛としてついてきていた豚鼻族の騎士が襲いかかってきた。

戯《たわむ》れでもなんでもない。明らかに僕を殺しにきていた。腕の傷が動かぬ証拠だ。

アリアのところに戻らなければ、僕は間違いなく殺される。ギフトはあっても、僕はまだ子どもだ。アリアがいなければ、何もできない。

「あっ！」

木の根に足を取られると、僕は一回転して派手にこけた。

僕はすぐに立ち上がったものの、カクッと力が抜ける。直後、激痛が走った。捻挫《ねんざ》だ。

それでも僕は足を引きずりながら、逃げ続ける。気が付けば木の幹を背にし、追い込まれていた。のそりと影が近づいてくる。豚鼻から荒い息を吐き出し、騎士は口を開いた。

「坊や。オレにはな。カミさんと、八人の子どもがいたんだよ」

「いた？」

「ある時、オレの故郷の村が人族に襲われた。村には女子供と、老人しかいない。なのに人族は家を焼き払い、女を切り裂き、老人をいたぶり、最後は子どもを集めて、火あぶりにした。村にはカミさんと、八人の子どもがオレの帰りを待っていたのに……」

豚鼻族から語られる話は、僕の胸を冷たくする。その口を通して、切り裂かれた獣人の女性、殴られた老人、火あぶりにされた子どもの悲鳴が聞こえてくるようだった。

「オレは復讐を誓ったが、戦争は終わってしまった。世界は平和になった。でもよ、坊や。このやり場のない怒りを、オレはどうしたらいいんだ？」

一歩、また一歩……。復讐のために獣人の騎士は僕の方に近寄ってくる。表情こそ怒りに満ちていても、何故かその騎士の目には涙が浮かんでいた。

「坊やに恨みはないけどよ。死んでくれ」

そして槍が振り下ろされる——かに見えた。

直後、甲高い音が響く。僕に振り下ろされるはずだった槍は弾かれ、さらに鎧の隙間を縫って、数本のナイフが突き刺さる。僕を殺そうとした騎士は悲鳴を上げながら、その場に蹲った。

「悪いな、その坊やを殺させるわけにはいかないんだ」

木の上から黒装束の男が現れる。

以前、アリアを狙った暗殺者と恰好が似ていた。

「帰りましょう、王子様」

「帰る？　セリディアに？」

「わかっただろう？　ここは坊やがいて良い場所じゃない」

だからといって、セリディアに戻ってどうするんだ？

確かにあそこにいれば、生きてはいられるかもしれない。

でも、ただ生きているだけの人生に、何か価値があるんだろうか。

「坊やの中にはセリディア王家の血が流れている。ギフトを持って生まれてくる子どもを欲しがる親はいくらでもいるのさ」

暗殺者は伏せていたマスクを解いて、下品に笑った。

「成人になって、子種を作ることができれば、坊やは十分価値ある商品になる。何も怖くはないさ。坊やはベッドに寝て、その上でよがる女を抱けばいい。やりたい時にやって、飽きたら捨てればいいんだ」

「あなたは本当にセリディア王家に雇われた刺客なのですか？」

「勘のいいガキは嫌いじゃない。ただちょっと喋りすぎたな。さあ、ついてきてもらうか」

暗殺者が僕の手を取ろうとした時、例の豚鼻族が立ち上がった。

半死半生。すぐ手当てをしなければ、死んでしまうだろう。

意識は朦朧《もうろう》としながら、気力だけで立っているような状態だった。

「チッ！　腐っても獣人か。待ってろ。今とどめを刺してやる……」

ナイフを振り上げたのを見て、僕は豚鼻族と暗殺者の間に割って入った。

「何をやってるんだ、王子様？　そいつはさっき坊やを殺そうとしたんだぜ」

「だから彼を守ってるんです。彼の家族の代わりに」

「はあ？　ふざけてるのか？」

「僕が謝ったって、死んだ人は戻ってきません。なら、せめてこの場にいない彼の家族のために、僕は守るんです。僕にはそれぐらいしかできないから」

「馬鹿か！　坊や一人が壁になったところで、なんの役にも立たねぇよ」

「いや、十分すぎるほど時間を稼いでくれましたぞ！」

不意に空から声が聞こえた。

暗殺者は気づいて、ナイフを構えたけど、振り下ろされた戦斧はその腕ごと切り裂いてしまう。暗殺者は撤退を選択したが、その判断はまったく遅く、次の瞬間には身体を斜めに両断されていた。

強い……。素直にそう思った。

「大丈夫ですか、ルヴィン王子」

「リースさん……。どうして……」

「狩りをしていた時、王子とは別の人族の匂いがしたので、気になって捜しておりました」

「そう……です、か」

ホッとした途端、足に激痛が走る。今さら捻挫したことを思い出した僕は、すとんと尻餅をついてしまった。同時に膝が笑い始める。情けないことだけど、今さら身体が恐怖を感じ始めたらしい。

「リースさん、僕よりも、騎士さんの手当てを。早く処置しないと死んでしまいます」

「女王陛下が言っていた通りだ」

「……?」

「ルヴィン王子、我が輩の背に乗ってくだされ」

僕を背に乗せ、さらにリースさんは豚鼻族の騎士を抱き上げる。

「行きますぞ！　しっかり掴まっててくだされ！」

白い翼を強くはためかせると、空に向かって一気に加速していく。気が付けば、森が眼下に広がり、王宮が栗のように小さく見えた。空が近く、雲にすら手が届きそうだ。

リースさんはピンと翼を伸ばして風を捕まえる。幾多の戦場をくぐり抜けたと思えないぐらい真っ白な羽根は、風に煽《あお》られ揺れていた。

「我が輩の翼が気になりますか？」

「気になるというか。綺麗だなって……」

「綺麗ですか。そんなことを言われたのは、あなたで二人目だ」

リースさんは自分の翼があまり好きじゃないらしい。

火蜥蜴族と風見鶏族のハーフのリースさんは、父親の火蜥蜴族の中で育った。

周りからはとても奇異な目で見られながら、幼少時代を過ごしたそうだ。

そんなある日、リースさんはある銀狼族の少女と出会う。

そして僕と同じことを言ったそうだ。

「僕と同じですね」

「なるほど。我々は案外似た者同士なのかもしれませんね」

「アリアが好きなところもですか？」

「ココココ……。ココココココココココココッ！」

僕が質問すると、リースさんは高らかに笑い声を響かせた。

◆◇◆◇◆

一悶着はあったけど、三本勝負は終わった。あとは結果発表を聞くだけだ。

アリアは王宮の庭園に設《しつら》えられた舞台にのぼり、結果を発表する。

一本目は僕の勝ち。二本目はリースさんの圧勝。そして三本目は――――。

「引き分け！　以上の結果を以て、この決闘は引き分けとします！」

驚きと戸惑いが交じった歓声が響くけれど、アリアの顔はどこか晴れ晴れとしていた。

その足元には二匹の巨大な魔獣が倒れている。

頭に赤黒い角を生やした二匹のブラドコーンが息絶えていた。

「まさか二人とも同じ魔獣を持ち帰るとはね」

王宮へと帰る道すがら、僕は仕掛けた罠に引っかかっていたブラドコーンを見つけた。とても凶暴なブラドコーンだけど、実は足の裏に弱点がある。

馬にとって、足裏は第二の心臓と呼ばれるぐらい重要な箇所だ。蹄鉄《ていてつ》を装着する騎馬とは違って、野生の馬は蹄《ひづめ》こそ硬いけど、魔獣となると身体が大きいぶん足に負担がかかる。蹄を壊しながら活動しているブラドコーンも少なくない。そんなブラドコーンの足裏に、毒が付いた棘が刺されればどうなるか。結果はアリアの足元にある通りだ。

「今回もさすがルヴィンくんだね」

「あ、アリア……。人前だよ」

「あぉぉぉおんん。照れてるのかい、ルヴィンくん。このこの」

アリアのスキンシップが始まる。僕に抱き付きながら、尻尾で僕の腋《わき》をくすぐってきた。胸もやわらかいのに、モフモフした尻尾まで。

し、幸せ……。じゃなかった。誰か助けて……。

アリアにいじられる僕に助け船を出したのは、リースさんだった。

「ルヴィンくん、ありがとう」

「え？　僕、何か感謝されるようなことをしましたっけ？」

「君は我が輩以上に鳥頭だな。部下を暗殺者から守ってくれたではないか」

「そうだ。あの獣人の方は？」

「無事だ。処置が早かったのでな。一カ月もすれば、騎士団に復帰できるだろう」

「良かった。無事で……」

「セリディア王国での君の行動も陛下から聞いた。守ってくれたことを深く感謝する」

リースさんは深々と頭を下げた。

「決闘は引き分けだったが、我が輩は君をエストリア国民として認めることにした。如何なる時も君の前に現れ、守ることを誓おう。我が輩だけではない。騎士団全員の誓いだ」

『如何なる時もルヴィン殿の前に現れ、我々は守ることを誓います』

エストリア王国を守る獣人騎士団が膝を突く。僕の方に頭《こうべ》を垂れて、誓約を復唱した。

「良かったね、ルヴィンくん。リース、いくら鳥頭だからって今の誓いを忘れないでよ」

「ご心配なく、ここではなく、ここに刻みましたゆえ」

リースさんは自分の頭を軽く小突いた後、胸に手を当てた。

こうして僕はエストリア王国騎士団に迎え入れられた。この誓いと決闘をきっかけに、僕はエストリアの獣人たちに認められ、仲を深めていくこととなった。

第四話

朝日の気配を感じ、僕は瞼を持ち上げた。

エストリアの気候にも慣れてきたのか、このところ自然と目が覚めるようになってきた。

カーテンの向こうは白々と明るくなっていて、近くで鳥の囀《さえず》りが聞こえる。

「着替えて、仕込みの準備をしないと」

寝床から起き上がろうとすると、なんだか身体が重い。風邪かなと思ったけど、熱が出ているわけでも、節々が痛いわけでもない。なのに身体がベッドから離れようとしないのだ。

金縛り？　もしかして誰かの魔術？　あるいは呪いかもしれない。

頭をよぎったのは、二年前の悪夢だ。その時になって、命を狙われていることを思い出す。

なんとか身体を動かそうともがく中、僕は無意識に叫んでいた。

「アリア‼」

「ん？　……どうしたの、ルヴィンくん」

「へっ？」

声はすぐ近くから聞こえた。

横を見ると、常夏の砂浜みたいな陽気な笑顔がこっちを向いている。

ピコピコと銀の耳を動かし、僕の布団の中でぬるりと尻尾を動かした。

「ルヴィンくん、おはよ」

「な、なななななな、何をやってるんだよ、アリア」

「何って………えっと、夜這《よば》い？」

「よ、夜這いって」

何を考えているんだ、アリア。ぼ、僕はまだ六歳なのに……。今はそもそも朝だし。

もしかして、僕の身体に流れるセリディア王家の血を本気で狙ってる？

「赤くなるってことは、意味を知っているんだね。ルヴィンくんのス・ケ・ベ」

「からかわないでよ」

「ねぇねぇ。ルヴィンくん、……今ボクたちは同じベッド、同じ布団にいるじゃないか。言わば男女が同衾《どうきん》しているというわけだ」

「だ、だから……？」

「布団の中のボク……。どんな恰好をしているか、知りたくないかい？」

ど、どんな恰好って……。そりゃあ、寝間着《ねまき》……。

でで、でも、アリアって寝間着を着て、寝るの？

そもそも獣人の人って、寝間着を着る習慣があるのかな。じゃあ、裸??

ダメだ。想像するな、僕。忘れろ！　忘れるんだ。

するとアリアはバスタオルのように巻いたシーツを一気に開いた。

「ジャーン！」

黒の長袖のワンピースに、その上からエプロン。エプロンには刺繍やフリルが付いていて、アリアが少し動くたびに肩口やスカートの端がひらひらと揺れている。裸でなくて安心したけど、目に映ったものは裸以上のインパクトを秘めていた。

「メイド服……？　どうして？」

「よく考えたら、幼い君に世話係をつけるのを忘れていてね。だけどエストリアは人材難だから、適当な人間がいないんだ」

「もしかして、アリアが僕の世話係を……？」

「人族の男はこの給仕の恰好に萌えるんだろう。どうだい？　ボク、かわいい？」

「……う、うん。かわいい、よ」

僕が褒めると、アリアは抱き付いてくる。

生地を挟み、再び僕の顔はアリアの胸の中に収まった。

「そんなに真っ直ぐに言われたら、照れるじゃないか、ルヴィンくん」

「もごぉ……。ごごご……」

「最近さ。公務で忙しいし、ルヴィンくんはルヴィンくんで朝から晩まで炊事場で働いてて……。なんかすれ違いっていうかさ。全然会えなくて、寂しかったんだよ」

アリアの言う通り、晩餐の席以外でこうして僕たちが会うのは久しぶりだ。

セリディア王国から帰国した後、アリアは継続して公務に励んでいる。できたばかりの国だからか、いろんな人がひっきりなしに訪れていて、アリアに要望を訴えに来ていた。そのほとんどが獣人で、その内容も同じ食糧のことだ。

食糧の不足はエストリアの喫緊《きっきん》の課題。アリアは毎日会議に出席し、対策に追われていた。

「何を朝から盛《さか》っているのですが、このエロ乳狼‼」

バーンと僕の部屋の扉を開けて、マルセラさんが飛び込んでくる。

アリアの首根っこを捕まえると、すぐさま僕から引き離した。

そして顔を真っ赤にしながら、アリアに雷を落とす。

「今日は大事なお客様がいらっしゃるのに！　あなたときたら！」

「だからだよ。ルヴィンくんに勇気づけてもらおうと思って」

「何を弱気になっているのです。数時間後には馬車が着きますよ。くれぐれもその馬鹿げた恰好で出仕しないでくださいね」

「ふえ〜ん。ルヴィンく〜ん」

マルセラさんに尻尾を掴まれ、アリアは売られていく仔牛のように引きずられていった。

ちょっと可哀想だったので、僕は最後に声をかける。

「アリア、頑張って」

「ルヴィンくん……。うん。頑張る！　ボク、がん――――」

出ていってしまった。最後は聞き取れなかったけど、アリアもアリアで大変みたいだ。バラガスさんから聞いた話だと、いろんな国や商会に食糧の支援をお願いしているけれど、どこの国にも断られているらしい。それもセリディア王国での一件以来、態度が露骨になったそうだ。

僕のせいで、アリアやエストリア王国に迷惑をかけている。

何か力になれることはないかな……。

願った瞬間、僕の瞳が光を帯び始めた。

◆◇◆◇◆

昼食が終わると、炊事場は遅い昼休みに入る。

早朝から昼までずっと働き続けのため、この時間を利用して、夕食の準備の時間まで英気を養うのだ。それぞれルーティンが決まっていて、バラガスさんは昼寝、ジャスパーとフィンは他の獣人たちと賭け事に興じている。僕はというと、最近王宮の側に土地を借りて、畑を始めていた。少しでも食糧の足しにしてもらおうと始めたことだ。

農作業の経験はある。セリディアの王宮に秘密の畑を作って、いろいろな種類の野菜を作っていた。王宮のみんなは食べてくれなかったけれど、フィオナは気に入ってくれたらしく、畑でできた材料で故郷の料理を作ってくれた。そういえば、フィオナはどうしているだろうか？

「おい。わっぱ」

物思いに耽《ふけ》っていると、唐突に声をかけられる。振り返ると背の高い男の人が立っていた。

真っ黒な髪に、正対するような白い肌。体型は細いものの、肩幅はガッシリとしている。着ている服の生地は、デザインを含めて一級品。肩から広がるマントは、眩しいぐらい真っ白だった。その表情は険しく、紫色の瞳は燃えているかのように眼光が鋭い。まるで父上を目の前にしているかのようだった。

「えっと……。畑を耕してます」

「そんなことはわかっておる。何を植えておる？」

「秋大豆です」

「大豆か。何故、大豆を選んだ？」

「時季が主な理由ですが、一番は汎用性です」

大豆は食べることもできるし、油にすることもできる。

ただ僕はこの大豆を飼料にしようと考えていた。そう説明すると、男性は笑い始める。

「飼料？　折角作った大豆を家畜の餌にするというのか？　ふははは！　面白い、わっぱだ。この国には家畜となる牛も豚も鶏もいないではないか」

「仰る通り、エストリア王国には家畜や牧畜といった産業そのものがありません。ですが、肉が主食である以上、自国で畜産業を始めることは自然なことだと思います」

「だとしても、牛や豚を育てる広い場所がこの森ばかりの国のどこにある？　そもそも他国から牛や豚を買う金子《きんす》も必要になるぞ」

「ありますよ」

僕は自信満々に言い放った。

「まず森の木を切ります。開墾は時間がかかりますが、獣人の力なら人族の四倍は速く、土地を広げることが可能です」

「では、金はどうする？」

「切った木を薪《まき》にします」

「薪？」

「これから冬がやってきます。暖炉用の薪はどの国でも不足しがちです。徐々に需要は高まり、値段が上がると予想されます。その薪を売った外貨で、豚を買うんです」

豚は一部を食用とし、一部を暖かい王宮の中で育てて、春に向けて増やしていく。

一方で開墾した土地には、大豆などの穀類を植えて、春に収穫できるようにする。特に大豆は畑の肉と呼ばれるほど栄養価が高い。使いようによっては、肉の代用品にもなるはずだ。

「さらに三圃制《さんぽせい》にすれば、効率よく家畜と畑を育てることができます」

三圃制は農地を三つの区画に分け、一年ごとに異なる作物を育て、一区画を休耕させる農法だ。僕はその農法を発展させ、休耕地に豚を放牧しようと考えていた。豚の排泄物が肥料となって土地を肥やし、地力を上げることになるからだ。

「わっぱ、どこでそんな知識を得た。答えよ」

「え？　それは本……」

男の瞳を見た瞬間、身体が芯から居竦《いすく》んだのを感じた。

一切の嘘を許さない。虚言を口にすれば、僕の首がすっ飛んでいく。そんな比喩でもなんでもなく、リアルな危機を感じる。おそらく魔術でも、ましてギフトのような奇跡でもないだろう。この人自身が生来培った能力だ。

「僕には不思議な力があります。エストリア王国を大きくする条件《レシピ》の中に書かれていました」

アリアの力になりたい……！

そう思った時、エストリア王国の食糧事情を解決するための【料理《レシピ》】が浮かんだ。

実行できれば、きっとエストリア王国の食糧不足は解決する。開墾が進めば、大陸有数の農畜産国家になるのも夢じゃない。今はもう戦乱の時代じゃない。傭兵時代の名残で、軍事に特化した国家として恐れられているけれど、ゆくゆく農業の国としてアピールできれば、これまでのエストリア王国のイメージを払拭できるはずだ。

「〇点だな」

「え？」

「理由を知りたいか？　なら我の供をせよ、わっぱ」

「と、供……？」

是非も聞かずに、男の人は畑から離れていく。

向かう先は王宮の外。つまりエストリア王国の森の中だった。


迷ったけど、僕は男の人についていくことにした。

男の人がどれだけ勇ましく武勇に秀でているのか知らないけど、森の中には野生の熊や狼、大型の魔獣なんかも棲息している。危険な場所に、一人で行かせるわけにはいかなかった。誰か護衛を頼もうと思ったけど、男の人はどんどん森の奥へと入っていった。

「僕はルヴィンです。あの……、お名前をうかがっても？」

「名など何の意味もなさない。どうしても呼びたければ、セオと呼ぶがいい――――ぬっ」

突然、セオさんは立ち止まる。眉間に指を当てて、近くの木に寄りかかった。

「セオさん？」

「心配は無用だ。最近寝付きが悪くてな。あまり睡眠が取れていないのだ」

「一度、お休みになられた方が……」

「無用だと言った。行くぞ、わっぱ」

僕たちはさらに森の奥へと進む。もう王宮が見えない。ここまで来たのは僕も初めてだ。大きな木がそこら中に聳《そび》え、梢も根も複雑に絡み合っている。繁茂した根が蛇みたいに蛇行して、土地そのものと同化していた。

これでは木は切ることができても、根の撤去に長い時間がかかるだろう。

「わかるか、わっぱ。獣人が力に優れていても、自然の前では無意味だ。それにあそこを見よ」

セオさんが指差したのは、大きな木にできた洞《ほら》だった。その洞から藁《わら》で作った茣蓙《ござ》がはみ出ている。さらに幹から伸びる枝には洗濯物らしき服や下着がかかっていた。

「獣人が住んでいるんですか?」

「今では集落を作り、人族と同じように家を建てて住んでいる者も少なくないが、こやつらのように木の洞に住居を作って、住んでいる者もまだまだ多い」

洞はいくつもあって、そこに家族が住んでいるらしい。

セオさんは木を登り、洞の中を覗く。

「いないな。おそらく家族総出で狩りにでも出かけたのだろう」

「子どももですか?」

「子どもは貴重な労働力だ。無駄にはすまい。特に食料が切迫しているなら尚更だ」

セリディア王国でも平民の子どもは、農作業や狩りを手伝うことがある。それでも教会学校に行って勉強したり、遊んだりするぐらいの時間的余裕はある。一方エストリア王国では明日生きるために働く子どもがほとんどだと、セオさんは教えてくれた。

「子どもの頃から狩りを習い、命を射る技を研鑽《けんさん》していく。皮肉なものだ。それがエストリア王国の強力な軍事力の基礎となっているのだからな。……理解できたか、わっぱ。お前が我に説いたものは机上の空論でしかない。事実を無視して、真の施策など生まれぬ」

セオさんの言う通り、僕は机上の空論ばかりを思い描いていた。

確かに【料理《レシピ》】に従えば、エストリア王国は一流の国になるだろう。

でも、レシピはレシピだ。扱う人の事情が反映されることはない。

必ずしも万能な能力ではないのだ。

「【料理《レシピ》】が悪いのではないと思います。思い上がった僕が悪いんです」

「少しは自分の未熟さがわかったか、わっぱ」

「勉強になりました。ありが――」

突然、僕はセオさんに突き飛ばされる。次の瞬間、僕とセオさんの間に大きな嘴《くちばし》のようなものが横切っていく。嘴は僕を突き飛ばしたセオさんの肉を抉《えぐ》ると、木の葉と羽根をまき散らしながら、木の上の方へと飛んでいった。

突き倒された僕は、木の根に頭をぶつける。

ふと目に入った木の実が懐かしすぎて、反射的に拾いあげていた。

「ドングリの実？」

「わっぱ！　惚《ほう》けてる場合か！」

セオさんの声にハッとなる。顔を上げると、大きな梟《ふくろう》が枝に留まっていた。

ただ巨大なだけじゃない。嘴は鋭く尖り、刃物のように光を帯びていた。たぶんあの嘴を使って、セオさんの腕の肉を削いだのだ。

「アサシンオウルか……。なるほど。ここの住人がいないのは、奴に寝込みを襲われたのか。不覚だ。奴の擬態に気づかないとは……。思い上がっていたのは、我も同じか」

アサシンオウルの身体が背景に溶け込んでいく。

セオさんの忠告通り、あの魔獣は擬態によって姿を隠せるらしい。

「わっぱ、我から離れるな。敵は強大だぞ」

「でも、セオさん、腕を……」

「かすり傷だ」

セオさんは片手で剣を抜く。かすり傷と言うけど、剣が握れないぐらいには重傷らしい。出血も多いから早く手当てをしないと取り返しのつかないことになるかもしれない。

でも、今は背景に溶け込んだアサシンオウルを見つける方が先決だ。

「アサシンオウルの擬態は完璧だ。鼻や耳が利く獣人ですら騙されるぞ」

「大丈夫です。方法はあります」

僕は【料理《レシピ》】を使い、アサシンオウルの見つけ方を探る。

アサシンオウルの擬態を解く方法
水をかける。アサシンオウルの擬態の要は、羽根に含まれている特殊な顔料です。それが魔力に反応することによって、周囲の色に馴染み、擬態を完成させます。その顔料を洗い流せば、擬態を解くことが可能です。

「セオさん、アサシンオウルの弱点は水です。雨を降らすことはできますか？」

「水の魔術か。ならば……水魔術【天気雨《ウォーターフォール》】！」

セオさんは空に向かって水の魔術を解き放つ。

大きな水玉は木の枝や葉をかすめ、空に向かっていった。

森を抜けると、花火のように弾けて、周囲一帯に大量の雨を降らせる。雨は幹を伝い、枝を湿らせ、葉を濡らした。森にとっては恵みの雨でも、アサシンオウルにはそうではない。

「い、いた！」

「ほう……。そういうことか」

姿を現したアサシンオウルを見て、セオさんはニヤリと笑う。

大きく振りかぶり、渾身の力を込めて、手にした剣を放り投げた。

見事アサシンオウルの眉間を貫き、仕留める。

「やりましたね、セオさん！」

思わず飛び上がって喜ぶ一方、セオさんは蹲ってしまった。

荒い息を吐きながら、怪我した腕を押さえる。剣を投げた際に、さらに傷口が開いたのだ。

ここに満足な医療品はない。セオさんも同様らしい。ひ弱な僕ではセオさんを担いで、王宮に戻ることなんて無理だ。かといって、セオさんを残して助けを呼びにいくわけにもいかない。

「よもや我の命がこんなところで尽きようとはな」

「まだです！　セオさん、死なないでください！」

「わっぱ⁉」

死なせない。絶対死なせたくない。

セオさんは僕をかばって、怪我をした。セオさんがいなければ、今頃僕が呻《うめ》いていたかもしれない。出会って間もないけど……。いや、時間なんてこの際どうでもいい。人の命が消えようとしているのに、見ているだけなんて僕にはできない。

「何より僕は、この人からもっといろんなことを学びたい！」

口に出た強い願いは光となって、僕に示した。

頭の中で再び【料理《レシピ》】が浮き上がる。

「回復薬のレシピ？」

唐突に現れた【料理《レシピ》】に驚く。

料理どころか、それは薬の知識だった。

まさか薬の【料理《レシピ》】まで出てくるなんて。薬も料理ってこと？

一体、このギフトはどこまで【料理《レシピ》】にできるんだ？

「今は考えている場合じゃない。まずは薬草を探さないと」

幸い薬草はエストリアの森に繁茂していた。しかも【料理《レシピ》】はその形状まで教えてくれる。

水は先ほどのセオさんが降らせてくれた雨水で代用し、いよいよ材料が揃う。

僕は早速、【料理《レシピ》】の手順通りに回復薬を作り上げた。

「セオさん、これを飲んでください。回復薬です」

もうその時にはセオさんの意識は朦朧《もうろう》としていたけど、僕は無理矢理薬を飲ませる。

すると、セオさんの顔がみるみる青くなっていった。

「な、なんだこの薬は！　大迷宮で手に入れた霊薬の方がもうちょっとマシな味がしたぞ！」

いきなり僕に罵声を浴びせる。顔色が悪くなるぐらい、苦かったらしい。

「ごめんなさい。でも、良薬口に苦し。効果はあったみたいですね」

「むっ？」

セオさんは怪我をした腕を見る。

出血が収まり、それどころか傷も消えていた。痕もない。

僕が作った回復薬は見事に機能したらしい。

「罵声を浴びせて悪かった。そなたに借りができたな」

「僕もセオさんに命を救ってもらいましたから。おあいこです」

「ふん。であったな」

セオさんは笑う。この人の笑顔を初めて見たかもしれない。

快活な笑顔に、僕も釣られて笑ってしまった。

『ぐるるるる……』

唐突に喉を鳴らす音が聞こえる。振り返ると、そこには獣の魔物がいた。

それも一体だけじゃない。複数だ。僕たちを取り囲み、ゆっくりと近づいてくる。

たぶん、セオさんの血の匂いに反応して、集まってきたんだ。

「わっぱ、我が魔獣の気を逸《そ》らす。合図をしたら、真っ直ぐ城へと走れ。そなたの軟弱な足でも、全速力で走れば、城に逃げ込めるはずだ」

「セオさんはどうするんですか？」

「身体は万全だ。畜生ごときに後れは取らん」

「ダメです。二人で生き残るんです！」

「問答してる場合か。行け‼」

ついに魔獣が走り出す。僕たちの方に向かって、一気に距離を詰めてきた。

視界いっぱいに魔獣の牙が見えた次の瞬間、目の前で暴風が吹き荒れる。

気が付くと、僕とセオさんの前に、銀髪を風で乱した狼の獣人が立っていた。

「ボクのルヴィンくんに何をしているんだい？」

アリアだ。怒りに満ちた視線を、残っていた魔獣たちに向ける。魔獣たちは目を点にすると、そのまま尻尾を振って、森の奥へと逃げていった。

魔獣を一睨みで追い返すなんて……。やっぱりアリアってすごい。

「ルヴィンくん、怪我は――」

「遅い!!」

涙目で僕をハグしようとするアリアの頭を掴んだのは、セオさんだった。

セオさんを見るなり、アリアの顔から血の気が引いていく。

「せ、セオルドぉおおおお!?　な、なんで君がここにいるんだよ」

「アリア、セオさんと知り合いなの？」

「知り合い？　セオさん？　そっか……。ルヴィンくん、セオルドのことを知らないんだね」

そして、僕はようやくセオさんの正体を知るのだった。

◆◇◆◇◆

「ヴァルガルド帝国セオルド・ヴィトール・ヴァルガルド皇帝陛下、ご入来」

重々しい音を立てて、謁見の間の扉が開く。

入ってきたのは、スラリとした細身の男の人だった。

撫でつけた黒髪に、立派な正装。腰には宝石がちりばめられた儀礼用の剣を下げている。

謁見の間に一歩踏み込むと、獣人の家臣たちは一斉に頭を下げて礼を執った。

玉座にまでやって来ると、座っていたアリアは立ち上がって、その席を譲る。

ついに男の人は、その玉座に腰を下ろしてしまった。

「まさかセオさんがセオルド皇帝陛下だったなんて」

ヴァルガルド帝国皇帝――それは即ちヴァルガルド大陸の覇者だ。

長年、戦乱が続いてきた大陸を平定し、平和をもたらした英雄。その一方、頭を垂れる国には水と塩を与え、刃向かう国には容赦しない。乱世の梟雄《きょうゆう》としても知られている。

僕は噂程度でしか人となりを知らなかったけれど、どうやらその通りの人物のようだ。

セオルド陛下が醸す緊張感に耐えきれず、アリアは少し顔を上げて尋ねた。

「せ、セオ――じゃなかった、陛下！　今日はどうして遠路はるばるエストリアに？　まさかボクの顔を見たかったとか……」

「たわけが！」

セオルド陛下が一喝すると、アリアは団子虫みたいに縮こまる。

よっぽどセオルド陛下が怖いというより苦手なんだな、アリア……。

「食糧問題について、解決の目処はついたのか、アリアよ？」

「そ、それは……。だ、大丈夫！　なんとかするから」

「ならば何故、我と目を合わさぬ。その問題を解決させるために、我の名代としてセリディア国王に会わせてやったのに……。わざわざ我がもうけた機会をふいにするどころか、両国間に深い溝を作るとは……」

もしかして皇帝陛下はエストリア王国とセリディア王国を和解させるために、アリアを名代に据えたのか。そのために体調が悪いと嘘まで吐いて……。それもすべてはエストリア王国が抱えている食糧問題を解決するためだったんだ。まさかそんな意図があったなんて。

だけど皇帝陛下の狙い通りにはならなかった。

アリアは食糧問題の解決ではなく、僕を選んだからだ。

「確かにセオルドには申し訳ないと思ってるよ。それでもルヴィンくんを見捨てるなんてこと、ボクにはできなかったんだ」

「同情か？　あるいは可愛げな姿に絆《ほだ》されたか？　アリア、その眼《まなこ》でしかと見ろ。あれは何だ？　お前が守るべき国民でもなければ、獣人ですらない。余所の国の王子だ。雨でずぶ濡れになった捨て猫ではないのだぞ！」

「セオルドだって同じじゃないか。十年前、世界から見捨てられたボクに――ボクたち獣人に、セオは手を差し伸べてくれた。ボクはあの時と同じことをしているだけさ」

「……十年経つのか。お前と出会って」

　セオさんはじっとアリアを見つめる。皇帝と属国の王。でも、アリアが「セオルド」と皇帝陛下を呼ぶように二人の間には、主従以上の深い絆を感じる。一体、二人の間に何があったんだろう。帝国と獣人の関係も気になるけど、それ以上に二人の信頼関係が僕には気になった。

「恐れながら、陛下……」

　進み出たのは、バラガスさんだった。いや、バラガスさんだけじゃない。マルセラさん、リースさん、他にも多くの獣人たちがセオルド皇帝陛下に向かって、深く頭を垂れていた。

「炊事場を担当するバラガスでございます。料理長は確かに小さく、大皿も満足に持てない子どもです。しかし、その調理技術と知識には目を見張るものがあります」

「秘書官のマルセラです。陛下、ルヴィン王子が持つギフトの力は強力で、しかも未成熟です。この力はいずれエストリア、いえヴァルガルド大陸すべての利益となると愚考します」

「その通りである。ルヴィンは我が国になくてはならない存在なのである」

　リースさんがセオさんに詰め寄る。目の前の人族が皇帝陛下だと忘れているらしい。すぐにサファイアさんによって連れ戻される。そして最後に頭を下げたのは、アリアだった。

「セリディアに行かせてくれたことは感謝してるよ。とても勉強になった。七年経っても、人はまだボクたちを許してくれていない。当然だよ、セオ。ボクたちがやってきたのは、相手を叩いて、こうやって跪かせることだけだった。……でも、ルヴィンくんは違う」

アリアは天井を見つめる。あの時の晩餐会に思いを馳せるように……。

「あのギスギスした晩餐会で、ルヴィンくんだけがその場にいる全員の幸せを考えていた。ここにいる獣人とルヴィンくんの間にだって一滴の血も流れていないけど、こうしてルヴィンくんをかばってる。みんな、ルヴィンくんが好きなんだ。……ボクやセオルドがやりたかったのは、大陸平定じゃない。ここに生きる人々の心を一つにすることだったんじゃないのかな」

「我のやり方が間違っていた、と……」

「セオルドでもできなかったことを、ルヴィンくんならできる。ボクはそう考えてる」

「全員の幸せか。アリアよ、それは理想論だ。そもそも自分たちが直面している問題すら、お前たちは解決できていないではないか」

「それはそうだけど……」

「発言をお許しください、陛下」

僕の存在はこの国にとって迷惑なのかもしれない。

それでも僕を必要としてくれる人がいるなら、僕自身が諦めてはダメなんだ。

アリアやマルセラさん、バラガスさん、多くの人が僕の力を認めてくれている。

僕が僕自身の力を認めないで、どうするんだ。

「この国の食糧問題に対して妙案がございます」

「良かろう。だが先のような机上の空論であれば、お前を即刻セリディア王国に帰すからな」

「構いません」

以前、僕の案は森を開墾するものだった。

しかし、エストリアの木は未だに原住民の住み処になっている。加えて原生林の撤去は難しく、開墾は一朝一夕《いっちょういっせき》で終わるものではないことがわかった。

「だから木は切りません。代わりに、森で豚を飼うことを提案いたします」

「森を放牧地とするか。ならば、飼料はどうする？　どこで大豆や麦を育てるつもりだ」

「いりません。森にたくさんあるので」

僕は森で拾った木の実をセオルド陛下に向かって掲げた。

「ドングリか」

「豚は雑食ですが、特にドングリを好むと聞きます。これを飼料とするのです」

森のあちこちにドングリの実が落ちていた。それも大量にだ。

おそらく肉を主食とする獣人たちが、ドングリを食べてこなかったことが、野生動物が食べる以上の量の実がなるという結果に繋がったのだろう。

「では、その豚を買うにはどうするのだ？」

「セオの言う通りだよ、ルヴィンくん。うちって結構貧乏なんだよ」

アリアが耳と尻尾を垂らして、申し訳なさそうに俯いた。

「アリア、エストリアは貧乏じゃない。世界でも有数の資源国家なんだ」

「資源？　うちには金とか、銀とか、そんな鉱物が採れるような場所はどこにも」

「森林があるじゃないか」

「え？　でも、木は切らないって」

「森林にある資源は、何も木だけじゃない。それそのものが観光資源にもなるし、湧き水が水資源になることもある。でも、僕が見つけた資源はこれです」

　今度は一本の野草を、みんなに見えるように掲げてみせた。

　みんなの反応は小さい。見る人が見ても、その辺に生えてる雑草にしか見えないからだ。その中でセオルド陛下の反応だけが違った。興味深そうに身を乗り出し、僕の説明に耳を傾ける。

「魔草か」

「エストリアの森は魔草の産地でもあるんです。おそらく世界有数の」

　魔草は単純に森や草原に生えているわけじゃない。その群生地は広いヴァルガルド大陸にあっても、指で数えられるほどしかない。測ったわけじゃないけど、エストリアの森全体が魔草の群生地なら、おそらく世界でもトップクラスの採取場となるだろう。

「魔草の不足はどこの国も同じ。きっと高値で買ってくれるでしょう。我々はそれを元手にして、豚を買うんです」

　買った豚の半分を食糧に回せば、食糧問題は一気に解決し、さらに半分を放牧に回せば肉の安定供給に繋げることができる。森での放牧は窃盗や魔獣に出くわす危険があるけど、騎士団に守ってもらえれば安心だ。森の治安維持にも繋がるしね。

「これがこの国を救うレシピです」

しんと静まり返り、みんなの視線が玉座に就く皇帝陛下へと向けられる。

その場にいる全員が次の皇帝陛下の言葉を待った。

「四十点だな」

「え？」

「まだまだいろいろと穴がありすぎる。森で飼うなら、魔獣対策をどうするか考えねばならんし、国民を養うほどの大量の豚をどこから買い付けるか具体案も示されておらん」

だが、と皇帝陛下は立ち上がった。微笑を浮かべながら。

「それらは些細な問題にすぎぬ。叩き台としては十分すぎる食糧対策だ」

「あ、ありがとうございます！」

「ところで先頃、セリディア王国国王よりクレームがあった」

「クレーム？」

「我と懇意にしているエストリア王国が、自国の王子を連れ去ったとな」

「陛下、それは……」

「わかっておる。アリアが理由もなく子どもを連れ去ったりしない。むしろ自国の王子が連れ去られるのを目にしながら、一国の王が何もしなかったことの方が問題だ。……だからこう返答してやった。〝腰抜けめ〟とな」

「ほ、本当に書いたのですか？」

「ふん。冗談もわからぬのか、わっぱ」

セオさんなら本当に書いていそうだから、心配なんだけど……。

「ルヴィンくん！」

喋ってる陛下に遠慮してか、時間差でアリアが僕に飛び込んできた。

たちまち僕は彼女の胸に吸い込まれていく。あとはお決まりの展開だ。

「すごいよ、ルヴィンくん。ルヴィンくんがそんなことを考えていたなんて」

「僕のせいでこうなったんだ。僕も何か役に立ちたいって思っただけさ」

それにアリアだけじゃない。みんなが僕のために陛下を説得しようと立ち上がってくれた。

僕だけが後ろでただ見ているわけにはいかない。

「しかし、アリアよ。子どもを一人にしておくなど、不用心がすぎるぞ」

「わかってるよ。いい加減、誰かを側付きにしないと」

「ならば最近雇ったメイドをお前にくれてやろう。先日我の大事にしているカップを割ったそそっかしいメイドだが、なかなか腕は立つ。入れ！」

再び謁見の間の扉が開くと、一人のメイドが立っていた。

メイド服の裾を揺らしながら、メイドはゆっくりと僕の方に近づいてくる。

栗色の三つ編みに、白い肌。線の細い身体と、包容力のある胸……。

ゆっくりと露わになるその姿を見て、僕は「もしや」と呟く。

やがてメイドは僕の前で膝を突き、深々と頭を垂れた。

「フィオナ・ハートウッドと申します。不束者《ふつつか》ですが、どうぞよろしくお願いします、ルヴィン第七王子殿下」

「フィ……オ……ナ？　本当にフィオナなの？」

「はい。ルヴィン様。あのフィオナでございますだよ」

この訛《なま》り……。間違いない、フィオナだ。

僕の側付きだったあのフィオナ・ハートウッドだ。

丸眼鏡の奥の愛嬌ある瞳から、ボロボロと涙が流れている。

同時に丸眼鏡のレンズに映り込んだ僕もまた泣いていた。

もう一生会えないと勝手に覚悟していた。でも、フィオナが出ていった後の二年間、彼女のことを考えなかった日はない。いっそ王宮から出ていって、彼女を捜そうと思ったこともある。

だから嬉しい。またこうして会えたことに……。

「フィオナ！」

僕はフィオナに抱き付くと、その胸の中で泣きじゃくった。

「ちょっと妬けちゃうな」

僕とフィオナの再会を見て、アリアは目の端に浮かんだ涙を払う。

泣いていたのは、アリアだけじゃない。僕の身の上を知るバラガスさんや、マルセラさんも涙し、僕たちの再会を祝してくれた。動じなかったのは、セオルド陛下ぐらいだ。

「ルヴィン殿下のこと。任せたぞ、アリア」

「もう帰るの、セオルド？」

「執務が溜《た》まっている。今日中に帰ると大臣にも約束してしまった」

「お待ちください、皇帝陛下」

足早に謁見の間を去ろうとする陛下の前に、僕は回り込む。

「エストリア王国の料理長として、そして女王の料理番として、客人をもてなさないまま返すわけには参りません」

どうか一席お付き合いください、陛下……。

◆◇◆◇◆

「言うまでもないが、我の舌は肥えておる。生半可な料理を出したら許さんぞ」

表情こそ不満げでも、セオルド陛下は付き合ってくれた。

態度は不遜で、いつもカリカリしているけど、根は面倒見のいいお人柄なのだろう。

そこに僕が荷車を引いてやって来る。料理は一皿だけ。全力一球勝負というより、陛下が帰る時間が迫っていて、一品しか作れなかったのだ。

「お待たせしました、陛下。どうかご賞味ください」

銀蓋を開く。シュッと白い煙が上がると、食堂の空気が森のように澄んでいく。

立ち上った爽やかでいて、かつ豊かな香りにアリアが早速尻尾を振った。

まず目に飛び込んでくるのは、薄くスライスされた肉だ。

普通の肉よりも少し青く、表面こそ火が通っているが、概《おおむ》ね生のままだった。

さらには肉をキャベツで巻いた、小さなロールキャベツに、真っ白なつみれ。その周りを人参、ミニ大根、松葉独活《アスパラガス》などが彩り、それらが黄金色のスープの中に浮かんでいる。

「ほう……。美しいな」

先ほどまで不機嫌だった陛下が、彩り豊かな皿に圧倒されていく。

料理を作った僕の方を見ず、陛下はスープに釘付けになっていた。

「この香り、雉《きじ》か……。いや違うな」

「まずはお召し上がりください」

「毒の心配もなさそうだ。では肉からいただくとしよう」

陛下はまず手慣れた動きで、スープの中の肉を捕まえる。

フォークで巻き取り、口の中に入れた。

「うまい。食感が良い。やわらかい肉だが、やわらかすぎないのがいい。噛めば噛むほど風味が口の中に広がっていく。味は淡泊だが、スープと一緒に食べることによって、凝縮された旨みとともに喉の奥へと消えていく」

陛下が絶賛する。それを聞いて、辛抱できなくなったのかアリアも口をつけた。

ロールキャベツを食べた瞬間、耳と尻尾がピンと立つ。

「わぁおおおおん！　何この肉！　すごい弾力感！　小さいのに肉厚のお肉を食べてるみたい。巻いたキャベツはシャキシャキだし。スープとの相性も最高だ」

アリアも頬を染めながら、料理に夢中になる。

一方で皇帝陛下は一つ一つの食材をまるで審査でもするかのように慎重に味わっていた。

「肉には牛酪《バター》の香り付けか。芳醇な香りが口いっぱいに広がって、さらに食欲をかき立ててくれる。……そして、ん？　これは普通のつみれなのか？」

「どうか陛下、まずは一口」

「隠すか。料理となるとそなた、途端に意地が悪くなるな。まあ、良かろう」

陛下は一口囓《かじ》る。すぐに反応が返ってきた。

「ルヴィン、このつみれ……いや、そもそもつみれではないな」

そもそもつみれは、魚のすり身に鶏卵、澱粉《でんぷん》、山芋などを繋ぎとして作るものだ。

「僕はムース状にしたお肉に、牛乳、パン粉、小麦粉、牛酪《バター》に、胡椒とハーブをみじん切りに

「牛乳に、パン粉……なるほど。だからこんなに食感が軽く、ふわふわしているのか」

　この料理は王宮でも出していなかった料理で、僕のオリジナルだ。

　ふわふわのつみれがあったら面白いなあ、という発想のもと、最初はパンの中に肉のすり身を入れて作るところから始めた。味には自信があったけど、他人の評価はわからない。でも結果的に皇帝陛下の舌を唸らせることができた。大成功だ。

「どの具材も一級品。調理技術も我の想像を超えておる。だが、一番の驚きはこのスープだ。コンソメかと思ったが、違うな」

「ガラを炊いて煮出した出汁に、さらに鶏ガラと数種類の野菜を入れて煮込みました」

「スープではなく、出汁そのものということか。舌にくるワイルドな味が喉を通ると一転、癖がなくむしろ心地良くすらある。香りもいい。野性味を感じる味がいっそ清々しいわ」

「この料理のポイントは一つだけです。素材の味と香りを如何に活かすか。そのためになるべく味付けは最小限にして、香りを放つものを抑えて作っています。先ほど野菜を煮込んだと説明しましたが、香味野菜は一切使っていません」

「シンプル以上の王道はなし。まさに素材を活かしたスープか。して、ルヴィンよ。一体何の肉を使ったのだ？」

「陛下もよくご存知かと」

「アサシンオウルの肉を使いました」

「む？」

僕は解体したアサシンオウルの肉を、テーブルにのせた。

ぷるっとしたやわらかさを感じさせる肉質は、見ているだけでお腹が空いてくる。

「ちょ、ちょっと！　ルヴィンくん、陛下に魔獣のお肉を出したのかい？」

椅子を蹴って、アリアは驚く。マルセラさんはすでに石のように固まっていた。

そんな二人の様子を笑い飛ばしたのは、ご本人――セオルド皇帝陛下だ。

「我に魔獣を食わすか。しかも、我の腕に傷を付けた仇敵を……。いや、仇敵だからこそか。とんだ意趣返しだな。面白い！　良い！　美味であったぞ、ルヴィン」

実は皇帝陛下にアサシンオウルをお出ししたのには訳がある。

おそらくそれはすぐにわからないだろう。でも、今の陛下には必要なもののはずだ。

「ルヴィン、アリアが飽いたなら我のところに来い。存分に可愛がってやろう」

「こら！　うちの大事な料理番をスカウトするな」

アリアは尻尾を立てて、唸りを上げる。

こうしてセオさんことセオルド皇帝陛下は帰国の途に就いたのだった。

「陛下、到着いたしました」

御者の声にセオルドはハッとなって目を開けた。

どうやら随分と深く寝入っていたらしい。気が付けば、皇宮の門の前に馬車が止まっていた。

馬車に乗ったまま二時間ほど執務を執っていて、珍しく眠気を感じたことまでは覚えているが、その後丸一日寝ていたようだ。こんなことは久しくなかった。大陸を平定して、自他ともに認める皇帝となってからは、ずっと不眠症に悩まされていたというのに……。

原因を考えた時、はたと思い当たったのは、アリアから聞いた魔獣食の話だった。

ルヴィンにまさしく一杯食わされたことに気づいたセオルドは、口角を上げる。

(どうやら、逃した魚は大魚だったかもしれぬな)

アサシンオウルの効果　不眠症の改善。

第五話

◆◇◆◇◆　クレイヴ伯爵家　◆◇◆◇◆

ヴァルガルド大陸には、三つの商業都市が存在する。

その一つであるセリンドールは、大陸の中央に位置し、また大陸一の大河ワーロー沿いにあるため、地上・海上問わず交通の要所として栄えてきた。

そのセリンドールを古くから治める伯爵家こそクレイヴ家である。

領地こそセリンドールの都市内にしかない都市貴族だが、大陸全土に物流拠点を持ち、その流通網は大陸一と呼ばれている。事実、クレイヴ家は大陸の物流の七割を担い、その力は『征服王』と呼ばれたヴァルガルド帝国皇帝ですら、手を出せないといわれてきた。

そのクレイヴ伯爵家の紋章を掲げた馬車が、一路北を目指し進んでいた。

乗客は二人。一人はクレイヴ伯爵家当主アルフォンス・ド・クレイヴである。

落ち着かない様子で、白髪交じりの茶色の髪を何度も撫でつけていた伯爵は、時折足を小刻みに揺らしていた。

そんな伯爵閣下らしからぬ悪癖を見て、横に座った見目麗しき少女が頬を膨らませる。

「お父様、いい加減落ち着いてください」

「落ち着かずにいられるか、我が娘エリザよ。我々はエストリアに向かっているのだぞ。あの最凶にして最悪の獣人傭兵団の頭目が作った国だ。むしろお前はどうしてそう落ち着いていられるのだ⁉」

エストリア王国の森が近づくほど、その顔は青ざめていく。

対照的にエリザは好奇心いっぱいに目を光らせ、車窓からの景色を楽しんでいた。

「貴族として礼を尽くすためですわ、お父様。エストリアの魔草がなければ、お母様は今頃どうなっていたか」

「お前は知らんのだ。あのケダモノたちの恐ろしさを……」

父が再び頭を抱えるのを見て、エリザはこれが大陸の流通網を牛耳《ぎゅうじ》る伯爵の姿かと、ため息を吐くのだった。

◆◇◆◇◆

「ルヴィン様、朝ですだよ」

ふと郷愁を感じる訛りに目が覚めた。ゆっくりと瞼を持ち上げる。

最初に見えたのは大きな丸眼鏡。そして三つ編みが揺れる、優しげなメイドの笑顔だ。

その顔を見た途端、長い悪夢からようやく目を覚ましたような気分になった。

「フィオナ、おはよう」

「おはようございますだ、ルヴィン様」

「夢じゃないんだね。君がここにいるのは……」

懐かしい側付きがまた僕の名前を呼んで起こしてくれる。

もう一生ないと思っていた。だから、この瞬間が僕にとって一番贅沢な時間なんだ。

フィオナはクスリと笑う。部屋を横切って、厚手のカーテンの前に立った。

「ルヴィン様、寝ぼけでおられますね。もう春だよ」

カーテンと窓を一気に開け放つ。

部屋に飛び込んできたのは、強い朝日と、暖かな春の風だった。

「おらがエストリア王国に来てから、もう五カ月経つだよ」

そう。厳しい冬の季節を終え、エストリア王国に穏やかな春の季節がやってきた。

僕がセオルド皇帝陛下に申し上げた食糧問題の解決策は、エストリア王国の獣人たちが協力し、実行された。まず獣人たちに魔草と野草の区別の仕方を教え、森に生えている魔草をとにかく摘み取ってもらった。

摘み取った魔草を陛下が懇意にしている商人に売り、それを元手に豚を買ったというわけだ。秋の間、森のドングリを食べて肥え太った豚は、冬の間の貴重な食糧として、エストリアの台所事情を支えることとなった。

結果、エストリア王国は餓死者を出すこともなく、こうして春を迎えることができたのだ。

僕も女王の料理番として励み、すっかり王宮の生活に馴染んでいた。

「仕方ないよ。この半年、いろんなことがうまくいって……。今でも夢なんじゃないかって思うんだ。フィオナがここにいることも含めてね」

「ルヴィン様ったら……。――――ところで」

それまでニコニコしていたフィオナの表情が一変する。

突然僕の布団を掴むと、勢いよく引き剥がした。現れたのは銀毛の獣人――アリアだ。

いつの間に僕のベッドの中に潜り込んだのだろう。まるで冬の飼い猫みたいにベッドの上で丸まっていた。

僕が首を傾げる横で、フィオナは眼鏡を光らせ、厳しい視線を送る。

心なしか、背中に炎が見えるんだけど、気のせいだろうか。

「何をしてるだ、女王様。寝室はここじゃないだよ？」

「昨晩寒かったろ？　だから、ルヴィンくんのお布団に入ったら暖かいだろうなって」

「ルヴィン様は湯たんぽじゃないだ！」

「でも、ルヴィンくんは寝ている時に、ボクの尻尾を抱きしめて、スリスリしてたよ。とっても幸せそうだったなあ」

アリアの弁解は弁解になっていない。もはや挑発だ。

事実、フィオナはさらに怒りの炎を燃やし、アリアに詰め寄った。

「いいだか、女王様。貴族の子どもは成人するまで、女と同衾《どうきん》せずという言葉があるだよ。ルヴィン様はまだ六歳だぞ。その前に変な噂が立ったら、嫁さ来なくなっちまうだ」

「ここはエストリアだよ。獣人の子どもは兄弟と一緒の部屋で川の字で寝るのが当たり前なんだ。その慣習はエストリアでは当てはまらないね」

ああ言えば、こう言う……。

アリアとフィオナの喧嘩は、今に始まったことじゃない。

二人のいがみ合いは、すっかり王宮の日常の一つになっていた。

「どうやらあんだには力ずくでわがらせる必要があるようだな」

「わぉーん……。腕っ節でボクに勝てると思ってんの？　勇気だけは褒めてあげるよ」

フィオナはどこからか魔法銃を取り出せば、アリアもファイティングポーズを取る。

まるで猟銃を持ったハンターと、猛獣が向かい合っているみたいに見えた。

「ルヴィン様、今日は銀狼鍋にするだ。楽しみにするだよ」

「口の減らない家臣には、女王としてしつけをしてあげなきゃね」

二人は戦闘態勢に入る。どうやら、今日もあの魔法の言葉を使う必要があるらしい。

「喧嘩をやめないと、二人とも嫌いになっちゃうよ」

瞬間、場の空気が凍てついた。

「ルヴィン様がおらを嫌いになるなんて。そ、それだけはご勘弁を」

「ルヴィンくん、嘘だよね。やめる。やめるから、嫌いにならないで」

フィオナが魔法銃を放り投げれば、アリアも固めた拳を解く。

二人とも僕の方に飛び込んでくると、強く抱きしめ許しを請うた。

「大丈夫。本気じゃないから。アリアも泣かないで」

「いがった。ほんにおらのごど嫌いになったのがど思っただっちゃ」

「うん。もう泣かない。でもボクのことを嫌いにならないでほしい」

「じゃあ、これで仲直り。二度と喧嘩しないって誓って」

「「それは無理です……」」

そこまで声が揃っているのに、なんで仲直りできないかな！

◆◇◆◇◆

「初めまして、女王陛下。アルフォンス・ド・クレイヴと申します」

クレイヴ伯爵家がエストリア王国王宮へとやって来た。

こうやって外から人族の貴族を招くのは、エストリアではもう珍しくない。しかし、これまでエストリア王国が招いてきたのは、いわゆる領地を持たない都市貴族だ。彼らの多くは貴族という名誉を持っているだけで、権力もお金も持っていないことが多い。

だから口を開けば「お金を預けてくれれば、倍返しにして返すとか」「今、○○金貨が熱い」とか、あの手この手でお金を借りようとする貴族がほとんどだった。返すならまだいいけれど、だいたいの場合お金を返さず逃げられるのがオチだ。

でも、クレイヴ伯爵家は違う。

同じ都市貴族だけれど、大陸に強力な流通網を持つ大貴族……。

つまり、エストリア王国が建国されて、初の大物貴族の来訪だった。表敬訪問というけど、用もなしに大貴族の当主が来るわけがない。何か目的があってのことだろう。

「遠路はるばるよくぞ参った、アルフォンス閣下。どうかゆるりとされよ」

「そうしたいのは山々なのですが、次に急ぎの用件がありまして。挨拶をした後、すぐにお暇《いとま》い……痛っ！」

崩れ去るアルフォンス閣下の陰から一人の少女が進み出る。

年の頃は僕と同じぐらいだろうか。背中まで伸びた綺麗な金髪に、真珠のような真っ白な肌。青と白の二色を使ったドレスは爽やかで、青い瞳ともあっていて、よく似合っている。頭の後ろで結んだリボンは大きく、獣人の耳みたいで可愛かった。

「是非、美しいエストリアを見学させてください」

「失礼だけど、君は?」

「申し遅れました、女王陛下。アルフォンスの娘エリザと申します。お目にかかれて光栄です」

エリザはスカートを摘まみ、王宮式の挨拶をする。

すると、矢継ぎ早に話を始めた。

「エストリア産の魔草によって、我が母メリーナは九死に一生を得ました。これも陛下と、国民の方々のおかげです。今日はそのお礼を申し上げに参りました」

なんでも冬の最中、クレイヴ家の奥方は熱病にかかってしまった。

時季は冬。今年は病に対応する魔草が不作だったこともあって、方々を当たったようだけど適切な薬が見つからなかったらしい。そこで耳にしたのが、一部地域だけに出回っていたエストリア産の魔草だ。藁にも縋《すが》る思いで試してみたところ、みるみる病状が回復したという。

「そのことで是非父が礼を申したいと、こうして馳せ参じた次第です」

私は別に……、とアルフォンス閣下が横で呟く。すると例の喚き声を上げた。

「父もこうやって飛び上がって喜んでおりまして」

「そうでしたか。良ければ、魔草が生えている森を見ていかれますか?」

「是非! よろしくお願いしますわ」

エリザは目を輝かせる。

「閣下の案内は、ボクがするよ。エリザさんの案内は……」

「それならあちらの方にお願いできないでしょうか？」

エリザは夏の太陽のような笑顔を向けて、僕の手を取った。

それを見て、突然アリアが悲鳴を上げる。君主然とした表情は消え失せ、エリザに向かって威嚇する猫みたいに目を細めた。

「ダメ……。なんかダメ！」

「年格好も近いようですし。お話がしやすいかと思ったのですが」

エリザは僕の方を見る。

若干潤んだ青い瞳を見て、僕はうっと喉を詰まらせた。

「い、いいんじゃないかな、アリア。僕なら魔草も、畜産の説明もできるし」

「ちくさん？」

「えっと……。実は森で豚を放牧しているんです」

「豚？　森に豚さんがいますの？」

「見ます？」

「見ます！　是非!!」

エリザは僕の手を強く握る。痛いぐらいにだ。

「改めましてエリザ・ド・クレイヴと申します。お名前をうかがっても？」

「僕はルヴィン。ルヴィンでいいよ」

「では、わたしのこともエリザとお呼びください。よろしくお願いしますね、ルヴィン」

これが僕と、クレイヴ家エリザとの最初の出会いだった。

◆◇◆◇◆

「まあ、かわいい‼」

エリザは悲鳴を上げながら、自分の足元に纏わり付いてきた子豚を見つめる。エリザは好奇心旺盛らしい。自ら子豚を持ち上げて、頬ずりする。セリディアの王宮で出会った令嬢は、豚を見るたびに「おぞましい」といって、顔をしかめたり、逃げたりするばかりだった。実際、アルフォンス閣下は苦手のようで、鼻を摘まみ柵の向こうから見学している。なのにエリザは顔に鼻を押し付けられても、頬を舐められても声を上げて喜んでいた。

「豚が好きなのですか？」

「好きですよ。こうして戯れるのも、おいしく食べるのも。でも黒い豚なんて初めて見ました」

エストリア王国で今飼っている豚のほとんどが、黒い毛並みをしている。

購入した当初は、ピンクや白っぽい色をしていたけど、森で生活するうちに黒くなっていったのだ。これにはちゃんと理由がある。

「魔素？」

「エストリアの森に生える野草や木の実には、通常より多くの魔素が含まれているんです。そのことが原因で豚の体色も変わったんだと思います」

「魔素を体内に取り込むと、魔獣となるのでは？」

「仰る通りです。だから量を調整しながら飼料を与えています」

「大変そうですね」

「デメリットもある一方、メリットもあるんですよ。エリザ様は雄豚がどれぐらいでお肉として出荷可能な大きさになるか知っていますか？」

「確か……六～七カ月と……」

「よくご存知ですね。でも、ここの豚は二カ月半で出荷可能なんです」

「二カ月半！」

これは食糧難にあえいでいたエストリア王国にとって嬉しい誤算だった。

成長が早くなったおかげで、冬になる前に生まれた子豚の一部も食糧にすることができたからだ。おかげで用意していた干し肉が余ったぐらいだった。

「ちなみに雌豚が繁殖可能になるのは、三カ月ぐらいになります」

「それでも早い。それって、やはりここの森の……」

「ご存知かと思いますが、野生動物は大量の魔素を取り込んだ時に、魔獣になります。だから魔素を含んだ飼料を食べれば、成長こそ早くなりますが、逆に取り込みすぎると魔獣になります。だから調整にはかなり気を遣う必要があるんです」

「魔素を適切に取り込んだ豚……。味が気になりますね」

「そう仰ると思って、実はご用意しております。召し上がりますか?」

「是非! お父様、行きましょう!」

エリザはアルフォンス閣下の腕を引く。

でも、閣下の顔は氷のように冷たく、その返事も凍てついていた。

「エリザ、そろそろお暇するのだ」

「ええ? お父様はあの豚の味が気にならないのですか?」

「ならんな。所詮は、獣人が作ったものだ」

アルフォンス閣下はやれやれと首を振る。

やや憤然《ふんぜん》としながら、帯同したアリアに詰め寄った。

「女王陛下、これはどういうことですかな?」

「どういうことって?」

「私にこの豚を見せて、あなたは私に何をお望みなのか、と訊いているのです」

「閣下は勘違いしておられます。ボクは何も……」

「とぼけないでいただきたい。あなた方の狙いは私どもの流通網でしょう。エストリア産の豚を売買するために……。この際だから、はっきり申し上げさせていただきます。無理です。何故なら、この豚は売れないからです」

売れない、とアルフォンス閣下はきっぱりと言い切り、さらに説明を加えた。

「商売において優先すべきは価格や品質だけではありません。『誰が売るか』『誰が作るか』もまた重要なのです。この豚があなた方の作ったものだと知れば、誰も買わなくなるでしょう。そしてそれを売った我々も信用を失うことになる」

「お父様、いい加減にしてください。獣人が作ったからなんなのですか。この豚はここにいるみなさんが創意工夫をこらし、育てた大事な豚なんですよ」

「お前は知らないのだ。エストリア王国の悪名を……。それに見て見ぬ振りをしていようと思いましたが、その少年はセリディア王国のルヴィン王子ですよね。獣人にさらわれたと聞きましたが、噂は本当だったとは……」

「え？　ルヴィンが王子？」

エリザが僕の方に振り返る。

「なに言ってるだ！　ルヴィン様はさらわれたわけじゃなぐで」

「落ち着くんだ、フィオナ」

憤《いきどお》るフィオナを制したのは、僕ではなくアリアだった。

そのアリアはアルフォンス閣下の前に進み出る。暴力でも受けるとでも思ったのだろう。閣下は悲鳴を上げながら後退《あとずさ》ったが、アリアの拳が閣下の顔面に届くことはなかった。

「誠に申し訳ありません、閣下。また閣下が勘違いなさる言動があったことは確かです。重ねてお詫び申し上げます。その上で晩餐の席についていただけないでしょうか。どうかこの通り」

普段は自由奔放なアリアが、深々と頭を下げる。

アリアは僕がいたセリディア王国に対して啖呵を切ったことさえある。あの時なら獣人を侮辱した相手に殴りかかっていたかもしれない。

だから他者にここまで切実に訴える姿を見るのは、これが初めてだった。

「………………わかりました。食べるだけですからな」

根負けした閣下はやれやれと首を振った。

◆◇◆◇◆

かくして晩餐会が始まった。

料理は僕、給仕はフィオナ、ホストはもちろんアリアだ。

アリア、エリザ、アルフォンス閣下が席に着くと、まず食前酒をグラスに注いだ。

「私は結構だ。すぐに帰って、仕事をしたいのでな」

「では、お水になさいますか？」

「水？　ああ。それでいい。娘にも同じものを頼む」

アルフォンス閣下は終始ぶっきらぼうな態度だった。横でエリザが小さく頭を下げ、僕やアリアに謝意を示す。この閣下の機嫌を一八〇度ひっくり返すのは、なかなか難しそうだ。

フィオナはグラスに水を注ぐ。

儀礼的に乾杯した後、アルフォンス閣下は水を一口含んだ。

途端、閣下の顔色が変わる。

「うまい。この水、まったく臭みもなく、後味も悪くない。泉の水ですかな?」

「お気に召したようで何よりですだ。こちらはエストリアの森で汲んだものですだ」

「森で? 泉の水ではないのか?」

「これは湧き水ですだ、アルフォンス閣下。エストリア王国の森にはたくさん湧き水があって、獣人は日々それを飲んで暮らしているだ」

「わ、湧き水だと……!」

それまで揺れていたアルフォンス閣下の膝が、ピタリと止まる。

大陸全土を見ても、湧水地《ゆうすいち》はとても貴重だ。一般的に飲み水といえば、川の上流や泉の水と決まっている。中でも湧き水は最高級品だ。価値が高く、王族や一部の大貴族しか飲めない。

セリディアでは王族以外、飲んではいけないことになっていた。

そんな貴重な水を、エストリア王国では庶民から女王陛下まで口にしている。

豚に与えるぐらい、この国では飲料水が豊富なのだ。

「ぶ、豚に？　な、なんと……もったいない」

アルフォンス閣下は、大取引に失敗したかのように頭を抱えた。

売った買ったの世界の中の人にとっては、理解できない事態なのだろう。

そんな閣下の前に、前菜が届けられる。

「まあ！　カプレーゼ！」

エリザは赤、白、緑の三色で彩られたお皿を見て、目を輝かせた。

カプレーゼは大陸中央でよく食べられる伝統的な料理だ。

トマト、チーズ、ハーブの葉に特製のオリオオイルと、果実酢をかけて食べる。ちなみに赤、白、緑はクレイヴ家の紋章にも使われている色だ。

「土地のものを食べるのも旅の醍醐味ですが、まずは食べ慣れたものをと、お出ししました。お口に合うといいのですが……」

「ご配慮ありがとうございます。ルヴィン……王子」

「ルヴィンでいいってば、エリザ。ここでは僕は料理長なんだから」

「それではせめてルヴィン様、と」

エリザはトマトとチーズ、ハーブの葉を一気に頬張る。

「おいしい！　トマトはよく冷えてて、とっても甘いですわ。チーズは普通のモーレアンチーズのようですが、ハーブがバミルではありませんね」

「ルガケアの葉を使いました」

「ルガケア？　確か貴重な魔草では？」

「この辺りでは道ばたに生えてまして。定期的な駆除が必要なぐらいなんです」

「貴重な魔草が、ざ、雑草扱い！」

「駆除しないと、他の魔草の成長が遅れるんです。そのため料理の材料に」

「まあ……！」

信じられないとばかりに、エリザは息を呑む。

続いて出された料理に、アルフォンス閣下がいち早く反応した。

「パスタか……！」

「閣下の好物とうかがいました。大蒜と鷹の爪、オリオオイルで炒めたペペロアチーナです」

ねじりながら盛りつけたパスタの上には、大蒜、鷹の爪、キノコがのっていた。彩りは鮮やかというよりは賑やかで、皿の上で祭りを催しているような料理だ。僕は最後に薄く切った黒色の食材をかける。芳醇な香りが立つと、一気に部屋を満たしていった。

「盛りつけも素敵ですわ。それにこの香り……」

「普通のペペロアチーナではありませんな。この黒いのはもしや……。ふむ。この森を凝縮したような芳醇な香り。よもや黒トリュフではございませんか？」

「正解です、閣下」

ニコッと笑うと、アルフォンス閣下は雷に打たれたかのように固まった。

「で、殿下……。黒トリュフがなんと呼ばれているかご存知ですか？」

「確か『食卓の黒ダイヤ』でしたか」

「そうです！　これを巡って、戦争が起きたほど貴重な食材なのですぞ」

その異名を聞いて、今まさに黒トリュフがふんだんにかかったパスタを食べようとしたアリアが手を止める。

「そんなに貴重だったんだ。週一で食べてるから、一般的な食材だと思ってた」

「しゅ、週一‼」

「我が国の森にはそこらじゅうに生えてます。獣人はあまり食べません。変な匂いがするし」

「へ、変な匂い……」

呆気に取られたアルフォンス閣下は白目を剥いて、倒れそうになる。

閣下の気持ちはわかる。市場に出れば、片手ぐらいの大きさでも小城が建つっていうぐらい貴重な食材なのに、獣人たちが匂いを嫌って、これまで目もくれなかったんだから。かくいう僕も、森を散策していた時、黒トリュフがゴロゴロ転がっていたのを見て、慌てたものだ。

皇帝陛下から現地で見て聞くことの大切さを教わったけど、まさか黒トリュフを発見できるとは思ってもみなかった。

気絶する閣下の横で、エリザが口をつける。

「おいしいですわ。ピリッとしたペペロアチーナに、黒トリュフの複雑な旨みがマッチして。噛むとふわっと香りが広がって、まるでエストリアの森の中にいるみたい」

　こちらも気に入ってくれたらしい。

　本場の人に褒めてもらえると、料理人冥利に尽きるというものだ。

「どうですか、お父様。ここの料理は……？」

「悔しいが認めるしかないな。獣人の国で食べられる料理のクオリティではない」

「またそういう言い方を……。晩餐の席まで失礼ですよ」

　エリザはアルフォンス閣下をたしなめる。どっちが親で子なのかわからないや。

「聞き慣れてるから気にしないで。それより次の料理が気になるね」

「確か……、まだ豚料理が出ていませんね」

「ルヴィンくんの渾身の逸品だよ」

「本当にルヴィン様が調理をしてらっしゃるのですか？」

「そうだよ。彼はボクがもっとも信頼している料理番だからね」

「ルヴィン様が女王の料理番……？」

　やや時間を置いて、僕はメインの料理を引っさげて、席上へと戻ってくる。

　フィオナにお願いして、それぞれの席に皿を置いてもらった。

　銀蓋を開けるように合図すると、ふわりと芳ばしい香りが鼻を突く。

「これは……」

「カツレツか」

二人の目の色が変わる。

本日の三品目も、大陸中央ではよく食べられている料理だ。

「今宵のメイン——黒豚肉のカツレツになります」

カツレツの作り方

1　余分な脂身を取り除く。

2　パン粉を振りながら、肉叩きや包丁の背で叩き、指先程度の厚さにする。

3　卵、塩、チーズ、食用油をフォークで混ぜる。

4　2の肉を3の液につけ、パン粉を両面につける。

5　フライパンに、豚肉が半分浸かるぐらいまで油を入れ、よく温める。

6　5のフライパンに、4の肉を投入し、両面が狐色になるまで焼く。

7　仕上げに牛酪《バター》を加え、衣に匂いを吸わせる。

8　余計な油を切り、付け合わせの檸檬《れもん》をのせて完成。

「おいしそうですわね、お父様。衣が如何にもサクサクしてて」

「う、うむ……（ごくり）」

早速二人はフォークとナイフを持つと、口をつけた。

「「うまい‼」」

クレイヴ親子の声は、見事に重なった。

「お肉がやわらか〜い。それに噛んだ瞬間、肉汁があふれ出てきて。口の中が豚さんで埋まっていきますわ」

「衣が薄いのは一般的なカツレツだが、こんなにサクッとした食感は初めてだ。何よりも肉の弾力感が素晴らしい。咀嚼《そしゃく》した時に感じる奥深い旨み……、これが」

アルフォンス閣下は顔を上げる。

目が合うと、僕は頬を緩めて、答えた。

「そうです。これがエストリアの黒豚肉です」

赤身がやわらかで、熱することによって旨みが増すのが最大の特徴だ。

さらに脂肪分が少なく、ヘルシー。女性でも子どもでも食べやすく、特に赤身を好む獣人にはウケていた。豚肉がおいしくて、他の肉が食べられないとクレームが王宮にきたぐらいだ。

アルフォンス閣下はおもむろに檸檬を手にすると、指で摘まんで汁を豪快に回しかけていた。

そこには、もう怒れる大商人の姿はない。玩具を見つけた子どもみたいに無邪気に笑い、カツレツを堪能する大貴族の姿があった。

「檸檬汁とも相性抜群だ。脂っぽい味を檸檬の酸味が爽やかにしてくれる。年を取った私の胃には必需品だな」

「付け合わせのお野菜もシャキシャキしてておいしいですよ、父上。こちらは酢漬けですね。そういえば、お母様が漬けてくれた酢漬けを思い出しますわ」

さっきまで喧嘩していた親子は、すっかり絆を取り戻しつつあった。いつしかクレイヴ親子は、カツレツを囲みながら、国や家族、近くのレストランの話を始める。

いいなあ。親子の会話だ。僕もああして父上と料理について話したかったな……。

カツレツを絶賛したのは、クレイヴ親子だけではない。アリアもそうだ。

その彼女はマナーに則り、一旦フォークとナイフを脇に置く。

改まって、二人の親子の方を向いた。

「閣下、そしてエリザ嬢。気に入っていただけましたか？」

「とっても。素晴らしい饗応《きょうおう》に感謝申し上げます、陛下。父も喜んでいますわ」

「それは良かった。……そこでもう一度、お願いします。どうか我が国に力を貸してはくれないでしょうか、アルフォンス閣下」

「女王陛下……」

「ご懸念の通り、我が国には血塗られた過去があります。それが獣人にとっての呪いになっていることも事実です。ですが、ボクたちはこの国を、この森を守るために戦った。それは戦争に参加したどの国とも変わらないはず。どうかそれを閣下だけではなく、閣下の物流網を使って、喧伝《けんでん》いただきたいのです」

女王として、国の君主として、アリアは再び頭を下げる。

その姿を見て、僕も頭のコック帽を取った。

「僕からもお願いします、閣下。アリアたちのおかげで、この森の貴重な資源が守られました。アリアたちはその資源を世界に還元しようとしています。それが戦争で命を落とした人への敬意と贖罪《しょくざい》となると、僕とアリアは考えているのです」

「ボクたちにその機会を与えてほしいんだ！」

僕とアリアは同時に頭を下げる。その列にマルセラさんとフィオナも加わった。

最後にはエリザまで席を立ち、自分の父親に向かって再び深々と頭を下げる。

アルフォンス閣下はカツレツを平らげた後、ナプキンを取って机の上に置いた。

「私は怒っておるよ」

「お怒りはごもっとも。でも……」

「いや、あなた方にではない。これは自分への怒りです」

アルフォンス閣下は立ち上がり、窓の前に立つ。太陽はとっくに沈んでいて、すでに外は真っ暗だ。けれど月明かりは強く、闇の中でエストリアの森が朧気《おぼろげ》に浮かんでいた。

「大陸に、こんなに素晴らしい土地がまだ残っていたとは。なのに私ときたら、子どもの教科書程度の情報に踊らされて……。人任せにして、すっかり商売の勘が鈍っていたらしい」

「そういう時もありますよ、閣下。人族も、獣人も」

「あなたにしてもそうだ、ルヴィン王子。私はてっきりこの国で奴隷のような扱いを受けておられると思っていた。しかしながら、それは誤解のようだ。女王の料理番か……。国でもっとも信頼されているからこそ、あなたは今の地位におられるのですね」

最後にアルフォンス閣下は空となった皿に目を落とした。

「純粋にこの国の未来が気になりました。是非この新しきエストリアの国作りに、我が一族を加えていただきたい」

アルフォンス閣下は深々と頭を下げる。

こうしてクレイヴ伯爵家という強力な後ろ盾を得たエストリア王国は、大陸の経済圏に正式に参入することになったのだった。

◆◇◆◇◆

「良い時間と取引をありがとうございます、アリア女王陛下」

結局、クレイヴ親子はエストリア王国に三日間滞在した。

その間、僕とアリア、秘書官のマルセラさんはアルフォンス閣下とともに今後の取引について話し合った。さすがに三日間では時間が足りなかったけど、大枠は決まった。細かいところは、今後マルセラさんとクレイヴ家の事務方が詰めていくことになっている。ちなみに僕は相談役として、引き続き取引に関わることとなった。

閣下はアリアとガッチリと握手を交わす。

そこに当初、獣人に怯えた貴族の姿はなく、真摯な視線が注がれていた。

「ルヴィン王子もありがとうございました」

「こちらこそ感謝申し上げます、閣下」

「しかし、本当にいいのですか。かなり我々が有利な取引内容だったのですが……。特に豚肉の仕入れ値は市場の六割以下ですぞ」

「エストリア産の豚の成長が早いことは、閣下もご覧になったと思います」

「なるほど。早く出荷できれば、その分の飼料代が安く済むということですか」

「はい。ただそれだけではありません。アルフォンス閣下や、クレイヴ家には大きなリスクを負ってもらうことになりますので」

「セリディア王家ですな……」

クレイヴ家との取引を聞けば、セリディア王家が何らかのアクションを起こしてくることは明白だ。最悪、クレイヴ家との取引を打ち切るとも言い出しかねない。大陸において、セリディア王国は帝国に次ぐ国力を持ち、クレイヴ伯爵家にとっても上得意様だ。その取引が中止となれば、クレイヴ家は大損害を受けることになる。

「そんな顔をなさいますな、王子。これでも大陸一の商人を自負しております。大口の取引先が一つなくなったところで、我が家はびくともしません。むしろ後悔するのは、あちらの方でしょう」

アルフォンス閣下は胸を張る。頼もしい。さすが大陸一の商人だ。

「心配することがあるとするなら、あなたのことです、王子」

「僕ですか？」

「我が家とエストリアが手を結んだ。そこにあなたという存在があったと聞けば、セリディア王国はあなたに対して直接的な報復行動に打って出るかもしれません。努々《ゆめゆめ》お気を付けください、王子」

アルフォンス閣下の忠告は的中する。

ついに僕たちはセリディア王国の虎の尾を踏んだのだった。

◆◇◆◇◆　セリディア王国・王宮　◆◇◆◇◆

クレイヴ伯爵家がエストリア王国との独占契約を結んだことは、たちまち大陸中に広まった。

つい半年前まで、君主がテーブルマナーの一つも満足にできなかった野蛮な国と、大陸一の商人が手を結んだのだ。懐疑的な目で見る者がほとんどであったものの、ニュースは驚きを以て報じられた。

「クレイヴ伯爵家が？」

大臣から報告を聞いて、セリディア王国国王ガリウスは玉座に座ったまま眉宇《びう》を動かす。ルヴィンがセリディア王国から出ていった後、ガリウスは後のことを大臣に任せ、自分は政務に邁進《まいしん》していた。たまに報告を聞いても表情一つ変えず飄々《ひょうひょう》としていたが、そのニュースバリューにさしもの鉄面皮《てつめんぴ》にも、亀裂が入る。

国王の反応を見て、事の重大さを改めて痛感した大臣は汗を拭った。

「取引の裏ではルヴィン王子の説得もあったとか。いかがしますか？　クレイヴ伯爵に抗議を。あるいは取引の停止を勧告しますか？」

「捨て置け。クレイヴ伯爵家は大陸経済の重鎮だ。下手に手を出せば、我々が足元を掬《すく》われる。問題はルヴィンだ！　あやつはどうしてこう余計なことばかりする⁉」

セリディア国王は目の前の書類に八つ当たりする。

ひとしきり怒りをぶつけた後、セリディア国王はついに翻意した。

「大臣、ルヴィンを連れ戻せ」

「そうしたいのは山々なのですが……」

国王が直接命令を下してくれたことは、水面下で動いていた大臣としては心強かった。しかし再三再四送った刺客は、エストリア王国の騎士団に捕まり、処断されている。そもそも獣人しかいないエストリア王国は、潜入と暗殺の任務に不向きだ。ルヴィンがエストリア王国の外にでも出ない限り、連れ戻すのは不可能に近い状況だった。

「ならば、エストリア王国の方から王子を差し出してもらえば良いのです」

謁見の間の扉が突如開く。進み出てきたのは司祭服を纏った司祭だ。その姿を見たセリディア国王は、目を細めた。

「そなたが力を発揮する時が来たようだぞ、フェリクス司祭よ」

「お任せを、陛下。必ずやケダモノどもからご子息を奪い返してご覧にみせます」

唇を緩め、司祭は不敵に笑うのだった。

第六話

「アリア様、また人参を残してるだよ」

晩餐が終わり、空になった皿を下げようとした時、フィオナがふと気づく。

アリアの大好きな赤身肉のステーキは、特製ソースと一緒にすっかり消えていたものの、付け合わせの人参のソテーは、石皿の上に寂しそうに残っていた。

注意されたアリアは、耳をペタンと閉じ、そっぽを向く。

「だってボク、人参嫌いなんだもん。お肉を食べたい！」

子どもの言い訳みたいに言葉が返ってきた。

玉座に座って、訪問客と相対する時は、女王然としているアリアも、僕たちの前では途端に子どもっぽくなる。元々甘えん坊なのだろう。今のアリアの姿を見たら、世界を震撼させた獣人傭兵団の団長と、誰が思うだろうか。

「アリア、料理はバランス良く食べるのが重要なんだ。栄養が偏《かたよ》ると、病気になりやすくなったりするんだよ。ほら、マルセラさんの皿をご覧。あんなに綺麗に食べてるじゃないか」

僕はマルセラさんの空になった皿を指差す。

いつもクールな秘書官は、フォークとナイフを置くと「ご馳走様でした」とナプキンで口元を拭いていた。お皿も綺麗だし、マナーも完璧だ。

そんな彼女の方を向いて、アリアは鼻をヒクヒクと動かす。

「フィオナ、マルセラの服のポケットを調べて」

「あ！　ちょっ！　アリア‼」

ん？　まさかマルセラさん……。

「失礼するだ、マルセラ様」

「ちょっと！　フィオナまで‼」

フィオナは無音でマルセラさんの後ろに立つ。

素早くマルセラさんのポケットに手を伸ばした。

「ちょっ！　フィオナ、そこはちが――あん！」

「ここでもないようですだ。ここはどうだが？」

「だ、だから、そこは……はあ、はあ、はあ……」

「どうやらここのようだあ。見つけただよ。悪い子だ」

「ら……、らめぇぇぇぇぇぇ‼」

マルセラさんの悲鳴が響き渡る。

「ねぇ、アリア。なんで僕に目隠しするの？」

「自主規制……」

「自主規制⁉」

「子どもは見てはいけないの」

なんで？　フィオナがマルセラさんのポケットの中を確認しているだけなのに？

しばらくしてフィオナは二切れの人参を掲げる。

どうやら食べずに、ポケットの中に隠し持っていたらしい。

「フィオナやルヴィンくんを騙せても、ボクの鼻は騙せないよ、マルセラ」

「あなただって、嫌いな生野菜をルヴィン様に隠れて暖炉で焼却してる癖に」

「証拠はどこにあるんだい？　言いがかりも甚《はなは》だしいね」

「ぐぬぬぬ……」

アリアとマルセラが牙を剥き出しながら睨み合う。

なんかこの感じも久しぶりな気がするな。

ともかくだ。料理長として、女王の料理番として……。

お残しは許しません‼

「二人ともお座り‼」

「「わ、わう‼」」

アリアとマルセラさんは席に座り直し、ピシッと背筋を伸ばす。

そんな二人に僕は懇々《こんこん》と説明した。

「食糧問題は解決しても、食材が貴重なのは変わりません。それに食材を作ってくれた森の恵み、調理をしてくれた人に対する敬意が二人には欠けています」

「「す、すみませんでした！」」

「マナー違反として、明日から二人の人参の量を倍にします」

「な、なんだって！　ルヴィンくん！　そ、それはひどいよぉ～」

「ご、ご無体な……」

獣人の野菜嫌いは、何もアリアやマルセラさんに限ったことじゃない。むしろ王宮内の家臣たちはまだいい方で、庶民レベルとなると、肉を焼いただけ、茹でただけの料理を日頃から食べていることが多い。これまで肉中心の食生活を送ってきた彼らにとって、副菜を加えること自体、慣れてないようだ。

啓蒙活動を続けているけど、僕一人では限界がある。

僕やフィオナ側に立ってくれる味方がいればいいんだけどなあ。

◆◇◆◇◆

僕が国の野菜問題に頭を悩ませている最中、その人は唐突にやって来た。

「大陸正教会からやって来ましたフェリクス・ヴァン・アバロムと申します」

もうすぐ初老にさしかかろうかという司祭は、アリアの前で典礼に則って挨拶した。

ヴァルガルド大陸には無数の種族と国家があり、そして宗教が存在する。

中でも、一番の勢力を持つのが大陸正教会《たいりくせいきょうかい》だ。

大陸に住む人族の七割が入信し、五つの国から国教と認められている。ちなみに、その内の二つがヴァルガルド帝国とセリディア王国である。

フェリクス司祭は教会の中でも高位の司祭らしい。

「大陸正教会がなんの用？　うちも国教にしろって話かい？」

「是非そうしてもらいたいのですが、国には国の事情があるでしょう。わしがエストリア王国にやって来たのは、医者として獣人の方々の健康状態を診察するためです」

「医者？　ボクは別に病気でもなんでもないよ」

「わしが診る病気とは、何も今日明日死ぬような病気ではありません。生活習慣病とでも申しましょうか。暴飲暴食、過度な飲酒、不規則な生活、そして偏食、これらが積み重なったことによって起こる病気を専門としております」

司祭は事細かに説明するも、アリアはいまいち理解できなかった。

横のマルセラもお手上げという風に、肩を竦めている。

「たとえば女王陛下は夜ちゃんと眠れておられますか？　睡眠をきちんと取らないと、免疫力が下がり、それだけで病気にかかりやすくなりますぞ」

「ふーん。具体的に何がしたいの、司祭は？」

「滞在許可をいただきたい。しかるのち、この国の食生活について調査したいと存じます」

「食生活ね。なら、うちの料理長に説明してもらった方がいいかな」

女王から許可をもらったフェリクスは、恭《うやうや》しく頭を下げるのだった。

◆◇◆◇◆　フェリクス司祭　◆◇◆◇◆

フェリクスは大陸正教会において、かつて高位の司祭であった。しかし、とある問題によって位を剥奪され、決まった教会を持たない巡回司祭の地位まで落ちてしまう。巡回司祭は布教活動を主としながらも、請われれば医者の真似事をしたり、水車や鉄農具などの技術を教えたりしている。本来は体力のある若い新米司祭のお役目だ。五十七という年齢で辺境を巡回するのは、フェリクスにとって苦痛以上に恥辱でもあった。

そんな折、彼は突然セリディア王家から招待を受ける。

目的は他国に入国し、諜報活動を行うこと。つまりはスパイである。

巡回司祭の彼は怪しまれずに国の中枢に入りやすいため、うってつけなのだという。

その頃のフェリクスは、暴飲暴食は当たり前、賭場に借金もあった。その肩代わりをするという条件で、フェリクスはセリディア王家の狗《いぬ》となったのだ。

今回フェリクスに与えられた任務は二つ。

一つはルヴィン王子を奪還すること。だが、奪っただけではエストリア王国の獣人が奪い返しにくる可能性が高い。そこでルヴィンと獣人の仲を裂いた上で、ルヴィンが王国に戻ってくるように促す――と説明が付け加えられていた。

二つ目は、エストリア王国の悪い風聞を作ることである。最近のエストリア王国はクレイヴ伯爵家と契約するなど、勢いに乗っている。この勢いをくじくためエストリア王国側に不利な噂を流す――フェリクスの任務は、その種を蒔くことであった。

（ともかくルヴィン王子と接触する必要がある。いざとなれば、夜に牢屋にでも行って）

このフェリクスの心配は杞憂に終わる。

炊事場に行くと、獣人に調理指示を与える小さな子どもの姿があったからだ。

「ま、まさかこんなところで王子に会うとは……」

「どうかされましたか？　えっと、フェリクス司祭……でしたか？」

「し、失礼、ルヴィン王子。エストリアにいることは存じておりましたが、本当に料理長として働いておられるとは……。いや。むしろ好都合か」

「何か仰いましたか？　あ。そうだ。ここ一カ月の王宮のレシピです。どうぞ」

過去のレシピを保存しておくことは、各国の王宮、貴族の炊事場ならどこもやっていることだ。目的は三つ。一つは同じ料理が重複しないようにするため。二つ目に悪い食べ合わせを防ぐため。最後に万が一主人や関係者が毒殺された場合、レシピが貴重な証拠品となるからだ。

「王子が料理長とは……。この国はよっぽど人材難なのですね？」

「もう大変ですよ。猫の手も借りたいぐらいです」

「ならば、このレシピは猫にでも書いてもらったのでしょうな？」

それまで穏やかだったフェリクスの口調が変わると、突然レシピを床に叩きつけた。

「僕のレシピに何か不備でも？」

「丁寧に書かれておりましたな。その点は褒めて差し上げましょう。しかし中身が伴ってない。何ですか、これは？　毎日、それも三食すべて、どこかに肉料理が入っている」

「獣人の方々の主食は肉でして」

「それでも、これはひどい。副菜の野菜もほんの少しだ。こんな偏った食事。もはや毒を食べさせているようなものですぞ。料理の知識は人並みにあるようですが、所詮は素人ですな。それとも、王子は獣人の方々を殺す気なのですかな？」

ルヴィンは下を向く。落ち込む王子の姿を見て、フェリクスは口端を上げた。

（ククク！　こうやって人に正論を垂れている時が、わしは一番好きなのだ）

教会の門を叩いて、三十年。フェリクスの立場は常に正義の側にあった。

正しいことを振りかざし、そして弱者をいたぶる。正論の前には、権力ですら無力だ。以前、一国の王に頭を下げさせたこともある。歪んだ成功体験を続けるうち、フェリクスにとってなくてはならない快感へと変わっていた。

(さあ、どうする、王子? 謝罪か? 反発か? どちらにせよ、わしが正しい。わしが正義なのだ! クハハハハハハハ!!)

外では怒り、司祭として説法を垂れながら、その心根はクズにも劣る悪魔。

それがフェリクス・ヴァン・アバロムの正体であった。

「ですよね!!」

「へっ?」

「そうなんですよ。肉料理だけではとても偏るんですよ」

「ちょっ……。王子?」

「一度、アリアに嫌いな人参を食べさせようとして、砂粒ぐらいになるまで小さくして、温めた牛乳に溶かして飲ませようとしたことがあったんですが」

「に、人参? 砂粒??」

「匂いでバレてしまって……」

「そ、そうか。わかったから、一旦わしにも喋らせ」

「その後もいろいろ試行錯誤したんですよ。けど、うまくいかなくて。誰か相談に乗ってもらおうと思っていたんですけど、フィオナに手伝ってもらうと必ずアリアと喧嘩になるし、バラガスさんはこの件になると途端に冬眠を始めちゃうし」

「わ、わしのターンをだな…………」

「ジャスパーとフィンに至っては、何を喋ってるのかわからないんです‼」

ルヴィン王子は涙目になりながらフェリクスに訴えた。

むろん、この涙はフェリクスが流させたものではない。

王子が勝手に愚痴を垂れ、勝手に流したものである。

「そこにフェリクスさんが現れた。これはまさしく神のお導きです‼」

「え？　は？　いや……」

「フェリクスさん！」

「な、何か？」

「僕と、獣人でも食べられる野菜料理を開発しませんか？」

（え……。ちょっ…………待って）

こうしてフェリクスは、ルヴィンとともにレシピ開発を始めることとなった。

当初、フェリクスが思い描いていた作戦はこうだ。

獣人に食生活の改善を強要することによって、ルヴィンにヘイトを向ける。

孤立したルヴィンに、セリディア王国にしか戻る場所がないことを認識させ、帰還を促すというものだった。まさかルヴィン自身が獣人に野菜を食べさせるために積極的になるとは思ってもみなかったが、フェリクスにとっては好都合である。

（ククク……。このまま野菜料理を作らせ続け、獣人の反感が王子に向かえばいいのだ。むしろ本人がやる気になっているのはプラスの材料と考えればいい）

炊事場でレシピを考える振りをしつつ、フェリクスは一旦頭の中を整理する。

すると、早速ルヴィンがフェリクスに相談しにやってきた。

「菜食主体のレシピを考えてみました。どうでしょうか、司祭」

「アンティチョクに、クダンネギ？　ホワイトバラガラス？　高級食材ばかりではないか⁉」

「いっそ高級な野菜ばかりをみんなに食べさせて、野菜のおいしさを知ってもらおうと」

「ばっっっっっっっっっっっっかも～～～～～～～～～～～～んんん！」

フェリクスは思わず怒鳴ってしまった。

「おいしさの基準というのはな。人が毎日食べ慣れているものの中にこそある。高級食材など以ての外《ほか》だ。むしろ野菜嫌いを助長することになるやもしれんぞ」

「た、確かに……」

「そもそも食生活を改めるのは、何も王宮で働く獣人たちだけではなかろう。国全体の見直しが必要なのだ。庶民が手に届かない食材を使ってどうする？」

「というと、どういう食材でしょうか？」

「まず馬鈴薯などの芋類だな。玉葱や玉蜀黍《とうもろこし》でもいい。安くて、手に入りやすいものだ」

そこまで説明して、フェリクスは自分でも何を喋っているかわからなくなってきた。こんな正論をレクチャーするために、はるばるエストリア王国にやって来たわけではない。王子と二人っきりの今こそ、話術によって精神的に追い詰め、セリディア王国への帰還を促す絶好の機会だというのに、いつの間にか野菜の良さについて力説していた。

「最近王宮の料理ばかりを作っていたから、庶民の味を忘れていました。なるほど。馬鈴薯なら、みんな食べてくれるかもしれませんね」

ルヴィンは炊事場を飛び出すと、馬鈴薯の入った木箱を持って戻ってきた。早速、馬鈴薯を皮ごと茹でていく。茹で上がったら皮を剥き、ボウルに入れてフォークで潰し始めた。

手慣れたルヴィンの動きに、フェリクスは思わず感心する。

司祭となるためには、教会の学校を卒業する必要がある。基礎的な勉学はもちろん、魔術や土木技術、畜産、農業、ワインの作り方など、カリキュラムは多岐にわたる。特にフェリクスは料理と医療に秀でていた。だから、フェリクスにはわかるのだ。

ルヴィンの動きが、まるで熟達した料理人のようであることを。

「王子は【万能《プライム》】を失い、同時に立場と地位を失ったとうかがいました。呪いをかけた者や、あなたの元から去っていった者たちに復讐しようとは思わないのですか？」

「思いません。呪いをかけた者はすでに刑罰に処されました。離れていった人は僕自身に興味はなく、【万能《プライム》】のギフトに興味があったんだと思います。【万能《プライム》】がなくなれば、離れていくのは当然です」

「それは本音ですかな？」

「復讐心がまったくないわけではないです。王宮にいる時は、一日の中でほんの数秒考えたことはあります。でも、それは僕がやりたいことじゃない」

「あなたがやりたいこととは？」

「みんなを幸せにしたい——それが一番やりたいことだとすれば、復讐は一番下か、二番目でしょう。この国にも、僕にも今は他にたくさんのやるべきことがあります。それすべてを成し遂げれば、もしかしたら考えるかもしれません」

やりたいけど、他にやるべきことがあってできない。復讐を肯定するでも、否定するでもない。事実上不可能だという答えを聞いて、ルヴィンが普通の子どもでも、ただの偽善者でもないことをフェリクスは理解する。

（わしはどうだ？　王子のようにやりたいことをやってきたのだろうか）

楽しそうに料理をする若い王子を見ながら、フェリクスは逆に考えさせられるのだった。

◆◇◆◇◆

次の日……。

僕はフェリクスさんと獣人の村落を訪れていた。

簡易的な木の柵に、木製の家が立ち並ぶ、人口五十人にも満たない小さな村落だ。

獣人たちは最初こそ警戒していたが、しばらくして家から出てきた。僕が持ってきたものから良い香りがするらしく、鼻を近づけてくる。

「よってらっしゃい食べてらっしゃい。新作料理の試食会だよ」

声を上げると、後ろで同じく小太鼓を叩いていたフェリクスさんが、気恥ずかしそうに頬を染め、僕に耳打ちした。

「王子、これはどういうことですか？」

「どういうことって……。フェリクスさんが言ったんですよ」

「はっ？」

「食生活を改めるのは、王宮の人だけじゃなくて、庶民も同じだと」

そのために僕はある新作料理を用意してきた。早速、みんなの前で披露する。

「さて皆様、お立ち会い。今日ご紹介する料理はこちら」

銀蓋を開くと、狐色に揚がったコロッケが姿を現す。

普段、お肉を焼いたり、茹でたりすることが多い獣人たちにとって揚げ物自体が珍しいらしい。何人かはコロッケが食べ物であることすら、わかっていないようだった。

でも、ふんわりと香る牛酪《バター》の匂いに反応し、獣人たちは尻尾を振る。

僕の周りに好奇心旺盛な獣人の子どもたちが集まってきた。机の縁を掴んで、目をキラキラさせながら尻尾を振っている。獣人の子どもの容貌はどちらかといえば獣に近い。だから子犬や子猫のような可愛さがあって、思わずほっこりしてしまった。

「まだ熱いから気を付けてね」

食べ方を教えてあげた後、葉に挟んで、子どもたちに配っていく。

子どもたちは早速口をつけた。

「おいしい！　嘘だろ？　これが馬鈴薯？」

「あれって植物の根だろ？　なんでこんなにおいしいの？」

「ホクホクしてて、あま〜い」

衣の中に隠れていたものが馬鈴薯だと教えてあげると、獣人の子どもたちは目を丸くする。馬鈴薯は熱を入れると、とても甘くなる。生野菜が中心の獣人にとっては、驚くべき事実なはずだ。

おいしそうにコロッケを頬張る子どもたちを見て、遠巻きに様子をうかがっていた大人たちも近寄ってきた。コロッケを一つ頬張ると、子どもたちと同じくピンと尻尾を立てる。コロッケのおいしさに胃を鷲掴みされると、次々と手を伸ばした。

獣人たちはすっかりコロッケの虜だ。元々食欲が旺盛な種族だから、コロッケの一個や二個では収まらないだろう。結局、持ってきたコロッケは一つ残らずなくなってしまった。

そこで早速、試食会第二幕を開始する。コロッケ調理の実演だ。

馬鈴薯コロッケのレシピ

1　馬鈴薯を皮ごと茹でる（フォークがスッと刺さるまで）。
2　茹で上がったら、熱いうちに皮を剥き、器に移してフォークで潰す。
3　塩、粉チーズ、牛酪《バター》を加えて、味を調え、しっかり混ぜる。
4　馬鈴薯を一口大に丸め、平たく成形する。
5　4の馬鈴薯を小麦粉、溶き卵、パン粉の順番にくぐらせ、あるいはまぶす。
6　鍋に油を入れる。高温になったら5を投入する。
7　片面が狐色になったらひっくり返し、両面がサクッとなるまで揚げる。
8　余計な油を切り、お好みのソースをかけて完成。

「おお～」

狐色に揚がったコロッケを見て、獣人たちから歓声が上がる。

熱々のコロッケは見てくれからして香ばしく、食欲をそそられる色をしていた。揚げたてはコロッケの魅力の一つだ。

早速、獣人たちは口にすると、サクッといい音を響かせる。

作っている僕もお腹が空くぐらい良い音だ。

「作り方も簡単だから、是非作ってみて」

僕は馬鈴薯コロッケと一緒にレシピを書いた木札を獣人に渡す。

早速、自分たちで作ってみるらしく、家の台所に駆け込む獣人も少なくなかった。

他方、こんな相談が持ちかけられる。

「うちは貧乏なので、油や牛酪《バター》が貴重なんです」

確かに油や牛酪《バター》は庶民にとって高価な代物だ。特に食用油なんかは手に入りにくい。調味料という括《くく》りでは胡椒の次ぐらい貴重だろう。コロッケのような油の使う料理を、庶民に浸透させるのはまだ難しいかもしれない。

「ならば油を薄く引き、衣をつけずに焼けば良い」

僕が返答に困っていると、フェリクスさんは自ら鍋の柄を掴んで、実演してみせる。

先ほどマッシュした馬鈴薯をさらに薄く伸ばし、少量の油を引いた鍋の上に、今度は衣をつけずに焼き入れていく。両面をカラッと焼くと、皿に盛りつけた。

「ハッシュポテトの出来上がりじゃ」

獣人たちは早速試食すると、再び尻尾を振る。僕も一つもらうことにした。

「おいしい！」

焼けた表面のパリッとした食感がたまらない。

やわらかかったポテトが、カリカリに焼けて、口の中でザクザクと音を慣らす。

しかも、こんがりと焼いたことで、香ばしい風味まで加わっていた。

材料は同じなのに、コロッケとはまた違う味わい。料理って奥深い……。

「馬鈴薯に慣れたら、玉葱をみじん切りにしたものを加えるといい。玉葱も熱を持つと甘みが増すからな。馬鈴薯とい………なんじゃ、その目は」

「感心してるんです。すごいです、フェリクスさん。こんなおいしい料理を作れるなんて」

「こ、こんなもの料理の範疇《はんちゅう》に入らぬわ」

フェリクスさんはそっぽを向く。そこに獣人の子どもが集まってきた。

袖やズボンの裾を掴みながら、それぞれフェリクスさんに感謝の言葉を伝える。

「ええい！　無闇に近寄るな蛮人ども！　あと今おっさんと言った奴は誰だ。無礼だぞ！」

フェリクスさんは拳を振り回す。けれど獣人の子どもたちはキャッキャと喜んでいた。遊んでもらえると判断したらしく、フェリクスさんの周りを歩き始める。本人は戸惑っていたけれど、なんだか楽しそうだった。

「王子、なんとかしてくだされ」

「やっぱり……」

「な、なんですか？」

フェリクスさんはとってもいい人だ。

だって、こんなに子どもに好かれているんだから。

◆◇◆◇◆　獣人の集落　◆◇◆◇◆

フェリクスがエストリア王国に来て、一週間が経とうとしていた。

ルヴィンとともに毎日村に出かけ、精力的に食生活の指導と、健康状態の確認を行っている。

最近では王宮内で野菜料理の試食会を催し、好評を得ていた。こうしてフェリクスの評判は王宮の内外問わず上がっていき、個人的に村落で開かれる祭りに招待されるほどだった。

「なんでわしがこんなことを……」

しかし、評判が上がれば上がるほど、フェリクスのイライラは募るばかりだ。彼本来の仕事は、ルヴィン王子と獣人の対立を煽ること。同時に、エストリア王国の悪評を流すことである。

なのに古い風車を修理したり、農機具をメンテしたり、最近では獣人の子どもを集めて、読み書きまで教えるようになってしまった。

今日も止まった水車の修理を請け負い、緩んでいた螺子《ねじ》を締めている。

「いっそこのまま放り出すのも……」

「フェリクスさん、水車の修理はいかがですか？」

猫人族の獣人がひょこっと顔を出す。手にはコロッケが並んだ皿を持っていた。

おそらく自宅で揚げたのだろう。若干揚げすぎていて、衣が焦げていた。

「お一つどうぞ」

「いや、わしは……」

「遠慮なさらずに」

断るも、猫人族は無理矢理フェリクスの口にねじ込もうとする。

木のフォークを喉の奥にツッコんだまま、猫人族は話を続けた。

「随分と獣人と親しげですが、これも作戦ですか、司祭？」

猫人族の様子が一変する。フェリクスの鼻を突いたのは泥臭い獣人の匂いではなく、自分と同じスパイの香りだった。自らフォークを握ると、まるで何事もなかったかのようにフェリクスはコロッケを咀嚼し始める。周囲に目を配りつつ、猫人族に話しかけた。

「獣人とルヴィン王子の仲を裂くためには、獣人に取り入る必要がある」

「種を蒔いている最中だと仰りたいのですね。それにしても時間がかかりすぎてはおりませんか。よろしければ私が――」

「これはわしが国王陛下から直々に請け負った任務だ。何者の力も借りん。特に同業にはな」

「承知しました。ですが、猫の手を借りたくなったらいつでも」

「待て」

フェリクスから離れようとした猫人族を呼び止める。

「獣人どもの嗅覚は異常だ。香水で誤魔化しているようだが、長居すると痛い目に遭うぞ」

「……ご忠告どうも」

会釈した後、猫人族は風景の中に溶け込むように消える。

見送ったフェリクスは、少し安心したのか肩で息を吐いた。

エストリア王国で暮らす中で、緩んでしまった目尻に力を入れる。

「わしは一体何をしておるんじゃろうな」

樹木の間に広がる空に、雨の気配が立ち込み始めていた。

◆◇◆◇◆

「わぁおおおおんんんんんん‼」

晩餐の席でアリアが吠える。

食べていたのは、つくねがたくさん入った野菜スープだ。

つくねの他にも、玉葱、セロリ、アリアが嫌いな人参も入っている。

彩色豊かなスープは美しく、スープも澄み切っていて、底に沈んだ野菜まではっきりと見えていた。

そしてなんといっても、大豆で作ったつくねと肉の出汁でとったスープがアリアたちのお腹を満足させる。前者は大豆ミートといって、砕いた大豆に小麦粉と調味料を混ぜて、肉そっくりの味に調整している。いわゆる偽肉なんだけど、どうやらアリアたちの口に合ったようだ。

一方でスープはボーブロススープといって、骨付きの肉からとった出汁を使っている。数種類の香味野菜を使って、肉の臭みを消しつつ、芳醇な香りと旨みを楽しめるよう調理した。

肉をほとんど使っていないスープだけど、アリアはモリモリ食べている。よほど気に入ったのだろう。テーブルマナーも忘れて、猛烈な勢いでスープの味がしみ込んだ野菜を掻き込んだ。アリアだけじゃない。晩餐にはマルセラさんやリースさん、バラガスさんも同席していて、さらにオブザーバーとしてフィオナにも試食を手伝ってもらっていた。

「信じられない。こんなにおいしいのに、お肉を使ってないなんて」

「なるほど。肉を茹でた汁はうめぇしな」

「野菜は肉の臭みを消すのにも役立つのですね。勉強になりました」

バラガスさんが唇に付いたスープを舌でペロリと舐め取れば、隣に座ったマルセラさんは、興味深そうに頷く。みんなが野菜に興味を持ち始めたのは、いい傾向だ。

野菜はただ調理するだけではそのおいしさは引き立たない。

面倒でもきちんと時間と手間をかければ、肉よりおいしい食材になる。

僕はそのことを、みんなに理解してほしかったのだ。

「野菜のおいしさがわかったよ、ルヴィンくん」

「わかってくれた、アリア」

「うん。だから、もっとおいしい料理ぷりーず！」

「わかったよ。じゃあ、一週間お肉禁止ね」

「えっ……。それはちょっと……」

一度ピンと立ったアリアの尻尾が、力なく垂れる。

シュンと項垂《うなだ》れた女王を見て、食堂は笑い声に包まれた。

晩餐が終わろうという時、ハーピー族のサファイアさんが入ってくる。

「ルヴィン料理長いる？　料理長に手紙やで」

「ボクに？　誰だろ？」

「この香水の匂い、間違いなく女やわ」

ニヤリとサファイアさんが笑う。

すると、目の色を変えたのは、僕ではなく、アリアとフィオナだった。

「ルヴィンくん、ボクというものがありながら、何なんだいその手紙は」

「ルヴィン様には、まだ恋の文通は早いだよ！」

「落ち着いて、二人とも‼　というか、なんで怒ってるの？」

本当に変な二人だ。それにしても差出人は誰だろう。

「エリザからだ」

「あの雌猫か！」

「敵ですだ！」

雌猫でも、敵でもないよ。エリザはお世話になっているクレイヴ家のお嬢様じゃないか。

アリアはともかく、フィオナまでエリザのことになると過剰に反応するんだから。

エリザとはあれから何度か文《ふみ》を交わしている。恋文なんてそんな甘酸っぱいものではなく、内容は主に互いの近況だ。

でもおかしいな。最近手紙を送ったばかりなのに、返事が早すぎる。

ともかく僕はエリザの手紙に目を通すことにした。


拝啓　若草が萌えたち春も深まってまいりました。

ルヴィンはいかがお過ごしでしょうか？

さてこの度は危急のこともあり、短めのお手紙となります。

端的に申し上げますと、エストリア王国の豚肉を食べた者の中に、死亡者が出ました。家の者が調査したところ大陸のあちこちで起きていて、亡くなった方はいずれも毒が入った豚肉を食していたそうです。父の話では、何者かがエストリア王国の豚肉に悪い噂を広めるために、肉に毒を盛った可能性が高いとのことでした。実はわたしもそう思います。

今、父が風評被害対策として各取引先を回り、説明しているところですので、じきに悪評も収まると思います。

ルヴィンには頼もしいナイトがいらっしゃるので、大丈夫かと思いますが、くれぐれもお気を付けください。　　エリザ

「わぁおおおおおんんん！　許せないよ！　百歩譲ってボクらに迷惑をかけるのはいいけど、ボクたちを信じて取引してくれてるクレイヴ家にまで迷惑をかけるなんて」

アリアは「う～」と唸りを上げて、尻尾を逆立てる。

他の獣人たちも、怒りというより少し呆れた様子で首を振った。

「噂の広まり方から察するに、個人が恨みでやったものとは思えませんね」

「セリディア王国め！　なんと卑怯な‼　ところでエリザとはどなたでしたかな？」

「あっしらが嫌いな国はごまんといるんだ。セリディアとは限らんさ。料理長、気にすんな」

最後にバラガスさんが、僕の背中をポンと叩く。

励ましてくれたみんなに礼を言った僕は、食べ終えた食器を片付け始める。

晩餐がお開きとなる中、僕は手紙を届けてくれたサファイアさんを呼び止めた。

「サファイアさん、調べてほしいことがあるんだけど……」

僕は先ほどの手紙をサファイアさんに差し出した。

◆◇◆◇◆　作戦会議？　◆◇◆◇◆

試食会が終わってから、数時間後。

再び食堂にアリア、マルセラ、リース、フィオナの大人組の四人が集まる。

その後、エリザの手紙の真偽を確認したところ、噂は事実であることがわかった。

実際、エストリア産の豚を食べたところ死んでしまった例もあるが、それが豚を食べた影響によるものなのか、仕込まれた毒のせいなのかはまだわかっていないようだ。

「それでフィオナ、ボクたちを集めて何の相談だい？」

「毒の出所のことですだ、女王様。おそらく大陸のあちこちで被害者が出ているということは、直前に誰かが盛ったとは考えにくいですだ」

クレイヴ家を通じて情報の裏を取ったフィオナが切り出すと、マルセラは鋭い視線を送った。

「流通経路にて混入したということですか？」

「それも低いだよ。クレイヴ伯爵家は大陸有数の流通網を持つだ。そこに至ったのは、一にも二にも信頼だ。噂では他の運送業者よりも何倍もの経費を使って、確実に品物を届けてるって話だよ。クレイヴ家が使っている加工会社も同様ですだ」

「流通経路でも、加工会社でもないとすると……」

みんなが一斉にアリアの方を向く。

「え？　ボク？」

「違います。エストリア国内で毒が盛られた可能性が高い——ということですよ」

「なんだって！　一体誰がそんなことを……」

「同族の犯行とは考えにくい。たとえ人族への報復だとしても、獣人はこんな手の込んだやり方を好みません。間違いなく人族の仕業でしょう。そして今、この国に滞在している人族は二人しかいません」

アリアは首を捻った後、控えていたリースにも声をかける。

「リース、しばらくフェリクス司祭の行動を誰かに監視させて。忘れちゃダメだよ」

「御意！」

リースは足早に食堂から出ていく。

「はーあ……。ルヴィンくん、悲しむだろうな」

背もたれに身体を預けながら、アリアは寂しそうにため息を吐くのだった。

◆◇◆◇◆

事件はフェリクス司祭が来て、十日目の早朝に起こった。

朝食を作っている最中に、ジャスパーとフィンが食品庫に食材を取りにいったきり、戻ってこなくなったのだ。なかなか帰ってこないので、僕はバラガスさんと一緒に様子を見にいくことにした。

「大丈夫でしょうか、ジャスパーとフィン」

「心配性だな、料理長は。きっと食品庫でまた摘まみ食いでもしてるのさ」

僕が宣言した通り、王宮では今肉料理を食べることを禁止している。

料理人のジャスパーとフィンも例外ではなく、すでに何度か摘まみ食いしている犯行現場を僕も目にしていた。だけど摘まみ食いをしていたとしても、二人の帰りは遅すぎる。

僕とバラガスさんが現地に到着すると、食品庫の扉が半分開いているのを発見した。

「昨日念のため鍵を替えておいたんだがな」

「入ってみましょう」

肉用の食品庫は、氷の魔導具によって真冬並みの温度に保たれていた。

冬毛のバラガスさんならともかく、僕は防寒具なしでは入れない。着替えて食品庫の中に踏み込むと、倒れているジャスパーとフィン、その近くにはフェリクスさんが二人の前で屈んでいた。一体何があれば、こうなるのか？　しばし呆然としていたバラガスさんと僕だったが、フェリクスさんがジャスパーの喉元近くに手を伸ばした瞬間、我に返った。

「フェリクス！　てめぇ、ジャスパーとフィンに何をしやがった！」

バラガスさんが怒鳴ると、フェリクスさんは驚き、一歩二歩と後退る。

「悪いことは言わん。その獣人どもを早く手当てしろ。じゃないと、取り返しのつかないことになるぞ」

「何が取り返しだよ。あんたがやったんじゃないのか？　……ん？」

バラガスさんはジャスパーとフィンの側に落ちていた肉を拾う。冷凍されてガチガチになっていたけど、ジャスパーとフィンの歯形が残っていた。バラガスさんは一度匂いを嗅ぐと、凍ったままの肉を囓る。すぐ顔を顰《しか》めると、ついには肉を吐き出してしまった。

「毒だ。この肉……。汚染されてやがる」

バラガスさんはフェリクスさんに一歩詰め寄った。

普段は炊事場で料理を作る温厚な料理人でも、真っ黒な体毛と大柄な体躯は見る者を圧倒する迫力を持っている。特に今は部下を傷付けられ、怒りに震えていた。そんなバラガスさんを見ても、フェリクスさんが命乞いを口にすることはなかった。じっとバラガスさんの目を見て様子をうかがう姿は、熊に遭遇した一流の狩人みたいだ。

少し状況を整理した方がいいかもしれない。豚肉には無臭の毒が仕掛けられていた。そうとは知らず、ジャスパーとフィンは毒の入った冷凍肉を食べてしまった。流れはそんなところだろう。問題は誰が毒を仕込んだか、ということだけど……。

「フェリクスさんよ。あっしはあんたのことを見直してたんだぜ。うちの料理長以外にも、善良な人族はいるんだなってな」

「わしではない」

「あんたじゃなければ、誰が毒を仕込んだんだよ。市中に出回っちまった毒入りの豚肉もあんたじゃないのか？」

「市中……？　なるほどな。そういうことか……」

「なんだよ、それ。しらばっくれんじゃねぇ！」

バラガスさんはフェリクスさんに襲いかかる。

「待った‼」

黒い壁が迫ってくるようなバラガスさんの巨体の前に、僕が躍り出る。

フェリクスさんの前で、目一杯腕を広げた。

「りょ、料理長！　そいつをかばうんですかい？」

「フェリクスさんは毒を仕込むような人じゃない」

「お人好しも大概にしてくだせぇ。こいつ以外に誰がやるんですか」

「それよりもジャスパーとフィンの手当てが先だよ」

二人ともまだ息がある。どういう毒なのかはわからないけれど、王宮には出荷前の魔草や薬草がたくさん備蓄されている。【料理《レシピ》】を使えば、最適な解毒剤を作れるはずだ。

「とりあえず薬草庫の扉の鍵を持ってきて。急いで！　解毒は時間との勝負だよ」

「わ、わかりやした」

バラガスさんは僕の声に押されて、慌てて食品庫から出ていく。

入れ替わるように騎士団がなだれ込んでくると、フェリクスさんに縄を打つ。その間、司祭が暴れることはなかった。騎士団長のリースさん曰く、しばらくフェリクスさんを部屋に軟禁するそうだけど、手荒なことはしないらしい。

その後、対応が早かったことから、ジャスパーもフィンも一命を取り留めた。

◆◇◆◇◆

僕がフェリクスさんに会うことを許されたのは、次の日の夕方になってからだ。

フィオナとともに中に入ると、フェリクスさんは祈りの儀式を行っていた。敬虔《けいけん》な大陸正教会の信徒は、朝と夕方に主神に対して祈りを捧げる。フェリクスさんも例外ではなく、エストリア王国に来てからも毎日欠かさず儀式を続けていた。

祈りが終わると、先にフェリクスさんが僕に尋ねた。

「あの鬣犬族《ハイエナ》はどうなった？」

「無事です。口にした量が少なかったのが幸いでした。フェリクスさんが二人を止めてくれたんですよね」

「鬣犬族《ハイエナ》から聞いたのか。もう喋られるとはな。さすが野蛮族だ」

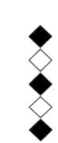

その後、フェリクス司祭から聞いた話を合わせると、真相はこうだ。

朝、お祈り場所を探していた時に、フェリクス司祭は肉が保管されている食品庫から何者かが出ていくのを目撃した。その時、司祭は食料に毒が塗られたと確信したらしい。すぐに中を調べようとしたけど、ジャスパーとフィンに先を越されてしまう。二人は食品庫が開いていることに気づくと、中に入り、凍っているにもかかわらず、肉を貪り始めたというわけだ。

王宮にお肉禁止令が出てから数日。よっぽどお肉に飢えていたのだろう。フェリクスさんが目撃した時には、すでに大きな肉の塊は半分以上なくなっていたそうだ。すると、ジャスパーとフィンは突然苦しみ出して、倒れてしまったのだという。

「そこにお主らがやって来たというわけだ」

「なんでそう話してくれなかったんです」

「わしの言うことに誰も耳など貸さぬだろう？　現にバラガスは、わしを犯人だと決めつけておった。だが、お前だけはわしを信じた。何故じゃ？」

「……香りです」

「香り？」

僕は一枚の手紙を、フェリクスさんに見せる。

エリザが僕に宛てたという例の手紙だ。

「この手紙はエリザが書いたものではありません。筆跡はよく似せていますが、まったく別の人物が書いたものだそうです」

　諜報活動を得意としているサファイアさんに確認してもらったから間違いない。

　でも、僕は手紙がエリザのものではないことに、受け取った時から気づいていた。理由は二つ。まず手紙に付ける香りだ。手紙に香り付けするのは、貴族の令嬢なら誰でも行う。ただエリザは花を押し紙のようにして香りを付ける。ほのかに香るため、とても自然に近い。対してこの手紙は、香水で付けたものだ。それもかなりキツい匂いだった。

「仮にフェリクスさんがこの手紙をしたためたなら、身体や衣服のどこかに香りの残り香が付着してるはず。その匂いを感じられないなら、他の人が書いたと考えるのが妥当です」

　手紙を書いた人物の目的は、攪乱《かくらん》だろう。外国で豚に毒が仕込まれたという情報を王宮内に流し、僕たちを疑心暗鬼にさせる。さらに実際に事件を起こして、僕やフェリクスさんに疑いを向けようとした。狙いは僕の孤立といったところだと思う。

　僕なりの推理を披露すると、フェリクスさんは笑い始めた。

「六歳の子どもに看破されては、諜報員失格だな、あやつも」

「じゃあ、フェリクスさんも……」

「獣人どものことだ。すでに諜報員を捕まえて、わしのことも聞いておるのだろう。ああ。そうだ。わしもその一人よ」

　疑っていなかったわけじゃない。でも、信じたくなかったというのが本音だ。

「お前の父に頼まれてな。まあ、信用されておらなかったようだが」

「フェリクスさん、ご提案があります」

「なんだ？」

「このままエストリア王国の医者として働きませんか？」

「断る」

フェリクスさんが即答で返してきたことに、僕は面食らう。

「以前王子は多くの人を幸せにしたいと言ったな。では聞くが、その幸せとは王子から見ての幸せなのか、それともわしか？」

「それは……」

「自分が思う他人の幸せが、他人にとっての幸せとは限らん。まして押し付けられた幸せなど、迷惑千万だ。わしはわしの道を進む。そこにお前のような甘ったれた子どもはおらぬ方が良い」

僕はまだまだ子どもだ。それでもこの人が幸せだと主張する選択が、茨の道であることぐらいはわかる。当然フェリクスさんも理解して、僕の提案を拒否したのだろう。それが死に近づく道であってもだ。なら幸せじゃなくてもいい。フェリクスさんに恨まれても構わない。無理矢理にでも、僕はフェリクスさんを生かそうと考えた。でも、どうしてもダメだった。フェリクスさんの顔を見ていると、どうしても言い出せなかったのだ。

たぶん今フェリクスさんが見せている表情こそが、死を覚悟した人の顔なのだろう。

熱い何かがグッとこみ上げてきて、自然と僕の目頭を圧迫する。

「泣くな！」

ハッとなって顔を上げると、いつものフェリクスさんの四角い顔があった。

ぶつくさ言いながら、集落の子どもたちと遊んでいる時の——あの穏やかな顔だ。

「お前は王子だろう。為政者《いせい》の息子が軽々しく涙を見せるものではない」

厳しさの中に、どこか優しさが漂う声音。

昔、父上に怒られた時の記憶が蘇る。あれはいつのことだったろうか。

「もう行け。子どもはもう寝る時間だ」

「免疫力が落ちてしまうからですか」

「…………そうだ」

最後に僕はフェリクスさんと握手を交わした。

硬くゴツゴツとした手には、薄く体温が残っていた。

一度涙の痕を拭い、僕は部屋を出ていこうとすると、フェリクスさんに呼び止められた。

「そういえば、二つ目の理由を聞いていなかったな」

「え？」

「手紙のだよ」

「……エリザは僕のことを『ルヴィン』とは呼びません。『ルヴィン様』と呼ぶんです」

「親愛を装って、墓穴を掘ったか。くははは……。あはははははははははは！」

最後にフェリクスさんは大声を上げて愉快げに笑った。

部屋の扉が開くと、廊下の光が差し込む。

僕が向かう暖かな世界と、フェリクスさんを待ち受ける冷たい世界。

まるで生と死の境界に立っているように僕には思えた。

「おやすみ、ルヴィン」

「……はい。おやすみなさい、フェリクスさん」

夜想曲の終わりのようにそっと静かに戸を閉める。

「泣くな」というフェリクスさんの声を右手に握りしめ、僕は廊下を歩き出した。

◆◇◆◇◆　フィオナ　◆◇◆◇◆

「この後、どうするつもりだか？」

先ほどルヴィンが出ていった扉の横に、メイド服を着た女が立っていた。

フィオナ・ハートウッド。ルヴィンの前では人の良さそうな東訛りのキツい側付きだが、彼女の異名は諜報員の間では有名だ。

「『セリディアの兇銃』か。戦争で幾人もの敵国の将校を撃ち殺したお前と、獣人の国で出会うとはな。これも因果か」

フィオナは七年前の戦争にて、何百人という将校を魔砲銃という武器で撃ち殺してきた。今、その相棒は手元にこそないが、それでもフェリクスを殺すことなど彼女には造作もない。フェリクスもそれは承知の上なのだろう。死を覚悟し、一度瞼を閉じたが、フィオナの口から出たのは思いも寄らない提案だった。

「クレイヴ家に仕えるつもりはあるだか？」

「クレイヴ家だと？」

「かの伯爵家は巨大な流通網を持ってるだ。同時に巨大な情報網を持ってるだよ」

「わざわざ説明せずともよい。クレイヴ家の諜報部門は下手な国の諜報機関よりも優秀だ」

「あの偽手紙は間違ったことは言ってねーだ。エストリア王国の悪評は、大陸のあちらこちらから聞こえてくるだよ。それらを払拭するためには、一人でも優秀な人材が必要と――アルフォンス閣下から聞いてるだ」

「老体のわしにまたスパイになれと」

「あんたがセリディアに一生追いかけられる方がいいというなら断ればいいだ」

「クレイヴ家か。高給は期待できそうだな。……良かろう。提案に乗ってやる」

「妙にあっさり決めただね。ルヴィン様の提案を蹴った癖に……」

「小僧との会話を聞いておらんかったのか？　わしの幸せはわしが決める……」

それにフェリクスも、セリディア王国に対して不満がゼロというわけではない。

自分以外にエストリア王国に諜報員が紛れていると知った時、フェリクスはセリディア王国の別の目的に気づいた。当初は王子と獣人の間に亀裂を作り、王子自らの意志で国に帰ってもらう予定だったが、本来の狙いはそんな生優しいものではない。

食品に毒を盛ることによって、王宮にいる全員を毒殺するつもりだったのだ。

あの時、たまたまフェリクスが目撃していたから事なきを得たものの、仮に発見が遅れていれば今頃王宮の獣人たちは全滅していたかもしれない。女王も、王子も、そしてフェリクスですら亡き者にする――それがセリディアの狙いだったのだ。

「まったく……。あの王子と会ってから調子がくるってばかりだ。『セリディアの兇銃』よ。お前もその口か?」

「おらはただルヴィン様を悲しませたくないだけだよ」

そう言い残し、フィオナは部屋を出ていく。

フェリクスの部屋に残ったのは、圧倒的な夜の闇だけであった。

第七話

◆◇◆◇◆　セリディア王国王宮　◆◇◆◇◆

エストリア王国での破壊工作が失敗に終わって、一週間が経ったある日の昼。

国王ガリウスの執務室に、慌てた様子で大臣が駆け込んできた。堰《せき》を切ったように大臣が話を始めると、つつがなく執務をこなしていたガリウスの表情が一変する。

「我が国の諜報員が他国で次々と逮捕されているだと！」

セリディア王国は戦後も諜報員を使って、他国の動向を監視してきた。大陸の覇者であるヴァルガルド帝国のもと、諜報活動は原則禁止とされているが、事実上国に諜報員はいないという体裁で戦後も続けられてきている。これはセリディア王国以外の国も同様だ。

他国での諜報活動は危険極まりないため、その潜伏先は国王ですら知らない。

そんな諜報員たちが芋づる式に捕まっていると聞けば、可能性は一つだ。諜報員が諜報員を売ったのである。裏切り者は誰なのか。真っ先に頭に浮かんだのは、ある司祭の顔であった。

「フェリクスの仕業か……」

エストリア王国に向かったフェリクスの所在は、未だに確認できていない。すでにエストリア王国から離れたところまではわかっているが、消息は不明だ。しかしタイミングを考えれば、今回の逮捕劇の首謀者はフェリクス以外に考えられなかった。長くこの世界に身を置く彼なら、他国に潜伏するセリディア王国の諜報員の居所を知っていてもおかしくないからだ。

ガリウスは顔を真っ赤にし、恥をかかされたことに憤る。

膝が悪いのに、子どもみたいに地団駄を踏むと、ひっくり返ってしまった。

「何をやってんだよ、オヤジ」

国王が醜態をさらす中、執務室に一人の男が入ってくる。

ショートボブの金髪に、如何にも傲慢げに伸びた鼻筋。白い正装には勲章とともに、いくつもの金や宝石がぶら下がっている。背丈はさほどではないが、引き締まった身体をしており、一方で笑うと悪童のような無邪気な表情が現れた。

薄い唇の端を上げ、青紫の瞳の青年は外套《がいとう》を翻《ひるがえ》し、国王に手を差し出す。

国王の前でも堂々と小さな王冠の髪留めをした青年を見て、大臣が慌てふためいた。

「カイン王子！」

「何をしにきた、カイン」

カイン・リヴェル・セリディア。セリディア王家の第三王子。歳の離れたルヴィンの兄だ。

そのカインは父親たる国王の手を掴み、身体を起こすのを補助する。

子どもに優しくされても、国王はただ自分の子を睨み付けるだけだった。

「実の父親が困っているなら、助けてやるのが息子ってもんだろ」

「お前のことだ。どうせろくでもないことを企んでおるのだろう」

優秀な兄や姉たちと比べて、カインは落ちこぼれだった。

彼が唯一持つギフトが原因でもあったが、誰からも相手にされず、まるでいないかのように周りから無視されてきた経験は、【万能《プライム》】のギフトが消滅した後のルヴィンとよく似ている。

ただ歳の離れた第七王子と違うのは、カインが人を傷付けることに躊躇がなかった点だ。

誰からも相手にされないから、問題を起こすことで注目を集めた。

そのために暴力は手っ取り早い手段だったのである。

暴力を愛するカインの周りには、自然と問題児が集まり、その力は一部の権力者たちも認めるほど膨れ上がっていった。今やカインの一派は王宮において、国王と第一、第二王子の勢力に次ぎ、第三勢力といわれるようになっていた。

「オヤジはまどろっこしいんだよ。いつまでもルヴィン、ルヴィンって……」

「ルヴィンが重要なのではない。今はエストリア王国にあやつがいることが問題なのだ」

「オレならもっとうまくやるって言ってんの」

「お前が？」

国王が目を細めると、カインは自分の胸を叩いた。

「オレがエストリア王国の評判を地に落としてやる」

「そんなことができるのですか、カイン王子」

「楽勝だ、大臣。……ついでにルヴィンも連れ帰ってやってもいい」

「お前のことだ。タダというわけではないのだろう？」

「オレを次期国王に推挙しろ」

躊躇なく傲慢な要求を口にするカインを見て、大臣はただ圧倒されるばかりだった。しかし、子も子なら親も親だ。本来であれば、王族と一部の有力者たちが集まり、話し合うべき大事な王位継承に関することを、国王は斬った刀を返すように返事してしまった。

「……良かろう。お前にそれができるなら検討するのもやぶさかではない」

「ひゃっほー！　言質《げんち》を取ったぜ。大臣、お前が証人だ。ちゃんと覚えておけよ」

大臣を両手で指差した後、カインはステップを踏みながら執務室から出ていく。

とんでもない話を耳にした大臣は恐る恐る国王の方に振り返った。

「よろしいのですか、陛下。あんな約束をしてしまって」

「カインの力を見るにはいい機会だ」

カイン王子は問題児である。失敗し、たとえ切り離す事態となってもセリディア王国には何の損もない。それどころか獣人《エストリア》どもの激憤に触れて、命を落とせば、かの国を攻めるいい口実となる。ガリウスはそう考えていた。

「勝っても負けても、我々の腹は痛くないわけですな」

大臣はニタッと笑うと、国王もまた口角を上げるのだった。

◆◇◆◇◆

セリディア王国の使者と名乗る男がエストリア王宮を訪れたのは、夏の初めだった。

僕がエストリア王国にやって来て、一年。そんな節目の時期だ。

アリアたちは少し警戒しつつも、使者を謁見の間に通した。

何かしらの抗議や、僕を速やかにセリディア王国に帰すよう警告しに来たのか。様々な予想が頭に浮かんだけど、使者がエストリア王国に伝えたことは思いも寄らぬものだった。

「セリディア王国第三王子カイン様が、貴国を視察されたいと申している」

「カイン王子？」

アリアは耳慣れない王子の名前を聞いて、くるりと尻尾を丸めた。

僕もまた意外な人物の名前を聞いて、顔を強ばらせる。セリディア王国はこれまで何度もエストリア王国に対して違法な手段を以て干渉をしてきたが、カイン兄さんの名前はこれまで一度も出てこなかった。王族の誰かがいつかエストリア王国にやって来ることは覚悟していた。

でも、その最初の一人がカイン兄様とは僕も予想できなかった。

「王子は今や目覚ましい発展を遂げる貴国を視察し、手本としたいと仰っている」

「目覚ましい発展なんて……。なんか照れちゃうなあ」

アリアは玉座に座ったままクルクルと尻尾を動かす。

これまでエストリア王国はずっと野蛮な国として見られてきた。

悪評は多くとも、持ち上げられることはほとんどなかったのだ。

すっかり警戒心を解いたアリアはニコニコしながら、使者の願いにあっさり応じた。

「是非見ていってくれたまえ。歓迎するよ」

「ありがとうございます。カイン様と、外交使節団の方もお喜びになるでしょう」

「え？　外交使節団？」

「おや。お話ししませんでしたか。カイン様は懇意にされている外交使節団の方々と一緒に、視察を行う予定です。人数はそうですね。ざっと千名といったところでしょうか？」

千名と聞いた瞬間、謁見の間に戦慄が走った。

多すぎる。いや、エストリア王国が受け入れることができるギリギリの人数だ。

そもそも千名規模の視察団なんて、各国の君主が集まる国際会議並みの規模だし、普通はもっと格式の高い先進国で開催されるものだ。それを建国して日の浅いエストリア王国で開催するなんて無茶もすぎる。よちよち歩きの子どもを、騎馬に乗せるようなものだ。

「まさか断るなどと仰いませんな。セリディア王国の王子が、野蛮な後進国に来訪されること自体、光栄なことなのですぞ。カイン王子は今のエストリアを見てもらうために、方々にお声をかけられ、千名もの賛同者を集められた。その王子の努力を無下になさるおつもりか？」

先ほどまで穏やかな表情を浮かべていた使者の態度が一変する。

友好的な話から、舌の根も乾かぬうちにエストリアを見下すような発言。

僕の国の本質は未だに変わらない。聞いていて、恥ずかしかった。

「カイン様は由緒正しきセリディア王国王家の血を引いておられる方。ふっ。どこぞの包丁が似合う王子とは違う。権力も力も持っている本物の王子なのです」

最後に使者は僕の方を見て、ニヤニヤと笑う。

カイン兄様が何を考えているかまったく見当がつかない。

一つわかるのは、これはエストリア王国に向けられた挑戦状であり、挑発だ。

アリアもそれがわかっている。今まで何度も謁見の間で聞いた暴言だからだ。

きっと鼻で笑って、使者を追い返す――僕はそう思っていた。

「いいよ。千名だろうと、一万名だろうと受けてあげようじゃないか」

「あ、アリア？」

「包丁が似合うだって？　そんなの当たり前だ。ルヴィンくんはボクの料理番――女王の料理番だからね！　千名全員が最後に頭を下げるぐらい、素晴らしいおもてなしをしてあげるから覚悟しろ‼」

アリアはわざわざ僕のところにまで来て抱きしめると、高らかに宣言する。

それはもはやセリディア王国に対する宣戦布告だった。

◆◇◆◇◆

こうして僕たちはカイン王子と、千名の外交使節を迎える準備を始めた。

早速、マルセラさん、バラガスさん、リースさん、サファイアさん、さらにアドバイザーとして駆けつけてくれたアルフォンスさんと、国際会議の準備に詳しいフィオナが会議に加わる。

「大変なことになりましたな」

「申し訳ありません、アルフォンス閣下。このような形で、クレイヴ伯爵家のお力を借りることになるとは思いも寄りませんでした」

マルセラさんは平謝りする。

「これも御嬢が安い挑発に乗るからですよ」

「うちが野蛮な国だってことは認めるよ」

「そりゃ女王様が野蛮だからな」

「なんか言ったかい、バラガス」

「ピュ～♪」

「とにかくルヴィンくんを馬鹿にするのは許せないよ。こんなに頑張ってるのに」

アリア……。

「まったくですだ。後ろから何度ヘッドショットしてやろうかと考えただか」

フィオナ、落ち着いて……。横のアルフォンス閣下が軽く引いてるから。

「それで千名の使節団って、実際受け入れられるものなの？」

「ギリギリですね。お供の方も含めると、その倍以上の数になるので」

「まず宿泊場所の確保だね」

「千名、王宮で受け入れるだけで精一杯ですね。お供の方と位の低い方には、簡易の宿泊所を設置して、そこに泊まってもらうしかないかと」

マルセラさんは王宮周辺の地図を広げながら説明する。

その地図から顔を上げ、リースさんが胸を張った。

「警備はご安心あれ。我が騎士団が使節団の方々を必ずお守りいたします。ところで我が輩は誰を警備すればよろしかったでしょうか？」

「鳥頭は放っておいて、問題は会場内でのトラブルやな。酔った人族が獣人の給仕に絡む事態なんて子どもでもわかんで。そんな時に、スマートに解決できる人材がうちにはおらん」

いくら荒事が得意と言っても、戦場と街中の喧嘩は違う。生き死にではなく、如何に現場を制圧できるかを、サファイアさんは問題視しているのだろう。

「それは我が家の人員にお任せください。伯爵家にも優秀な騎士はおりますので」

「助かるわ、アルフォンスはん」

「となると、あとは料理ですな。食材はなんとか手配できると思います。あとは人員ですね。こちらも我が家で手配いたしましょう」

クレイヴ伯爵家様様だ。アルフォンスさんがこの場にいなかったら、一晩会議したって何も決まらなかったかもしれない。

「あっしの料理仲間で使えそうな奴を何人か見繕《みつくろ》っておきます」

「ムースやデザートなどは、前日のうちから仕込んでおけば、なんとか千名分の料理を用意できると思うよ。【料理《レシピ》】で保存が利く料理なんかも考えておくね」

各所からの報告を聞いたアリアはホッと胸を撫で下ろした後、席から立ち上がった。

「よし。各自、使節団が来るまで受け入れ準備を進めてくれ」

こうして僕たちは千名の外交使節団を受け入れるべく準備を始めた。


数日後、セリディア王国から使節団受け入れについての要望書が届いた。

「使節団の派遣を一カ月前倒しするだって⁉」

アリアが素っ頓狂な声を上げるのも無理もない。二カ月後という当初の予定ですらギリギリだったのだ。方々の都合を擦り合わせた結果と書かれているけど、一カ月で千名以上の人間を受け入れるなんて不可能に近い。だけど要望書の最後には、キャンセル料として莫大な違約金が発生するとも書かれていた。つまり要望というよりは、事実上の命令書だったのだ。

要望はそれだけに留まらない。

その四日後には……。

「南の国境から王宮までの街道をすべて石畳に整備し直せだって!?」

さらに三日後には……。

「川を見たいので、王宮の庭園に川を作れ!?」

極めつけは開催日二週間前に来た要望書だった。

「オーバル海老《えび》って何？　ルヴィンくん」

「珍しい川海老だよ、アリア。おいしいけど、とっても貴重なんだ」

僕は図鑑を持ってきて、オーバル海老の絵をアリアに見せる。

「あれ？　どっかで見たことがあるなあ、この海老」

「問題は数だね。王宮ではオーバル海老を出す時は、一皿二尾と決まっているんだ」

「え？　じゃあ、二千匹？　……そんなにすぐ見つかるものなの？」

はっきり言って不可能に近い。一年かけて、適切な棲息地を見つけ、地道に捕獲していけば無理な数ではないけど、二週間はさすがに難しい。

どうしよう。今騎士団は街道の整備にかかりきりだ。バラガスさんや王宮の獣人たちも、僕が設計した庭園の改築をしてもらっている。もう他に割ける人員はいないのに……。

僕が頭を抱えていると、リースさん、サファイアさんがやって来る。二人ともびしょ濡れだ。

今、エストリア王国は長雨に見舞われていた。おかげで街道の整備が追いついていない。それだけじゃなく、庭園や簡易宿泊所の工事にも遅れが出ていた。

「女王陛下、南側にかかっていた橋が雨で落ちました」

「え？　あの橋って、南からの資材搬入のためにどうしても必要でしょ？」

「このままやったら街道の整備にも遅れが出るかもしれん」

「こんな天気じゃあハーピー族に飛んで資材を運んでもらうこともできないしね。弱ったな」

完全に八方ふさがりだ……。

街道の整備に関しては、許してもらうか。いや、他の作業だって……。

「ルヴィンくん、大丈夫かい。顔色が悪いよ」

「大丈夫です。これくらい」

「君、献立の用意でほとんど寝てないだろ？」

献立の用意だけじゃない。

【料理《レシピ》】を使って、街道や庭園に川を引く設計図を引いたのは僕だ。

料理の合間には直接現場を訪れて、工期の遅れを取り戻すために指示をしたりしている。

よく考えてみると、この前いつベッドで寝たか覚えていない。

「でも、頑張らないと……」

カイン兄様の要望は無茶なものばかりだ。でも今のエストリア王国の現状を知ってもらうには、今回ほどの好機はなかなか訪れない。仮に成功すれば、エストリア王国のイメージは一新されるはずだ。アリアの国はもっと大きな国になる。そして……。

「エストリア王国は一流の……くに…………に……」

そして僕は意識を失った。

◆◇◆◇◆　セリディア王国王宮　◆◇◆◇◆

「あはははははははははは!!」

カインはエストリア王国の現状を聞いて、身体をくの字に曲げて笑った。

片手に持ったグラスから赤ワインがボタボタと落ちても気にしない。

ソファの上で暴れ回るように転がり、笑い声を響かせた。

「そりゃいい。獣人どもが半泣きになってんのが目に浮かぶよ。オレの国を二度も虚仮《こけ》にしたんだ。これぐらいの罰は与えないとな」

再びカインは笑い始める。

取り巻きや集められた娼婦たちは、付き合うように半笑いを浮かべた。

「ここにきて、キャンセルもないだろう。楽しみだな。あの蛮族の国が一体どんなおもてなしをしてくれるのか。ふふふ……」

あはははははははははははははは‼

◆◇◆◇◆

ふと目を覚ますと、そこには僕ではない一人の子どもが立っていた。

目の前でクルクルと動き回り、最後に僕ではない、誰か大人の手を取って甘えてくる。声は聞こえないけど、こちらを見てくる瞳は輝いていて、子どもがとても喜んでいることだけはわかる。これだけ親しげでも、僕はその子どもの名前すら思い出せない。

それにここはどこだろう。河川敷みたいだけど、見覚えがない。川幅は広く、上流の方を見るといくつもの橋がかかっていた。それも見たことのない鉄でできた橋だ。それだけじゃない。奥には人工物らしき大きな建物がいくつも聳えている。

『これって、前世の僕の記憶……？』

ふと子どもが空を指差した。

相変わらず声が聞こえないけど、「あれ！　あれ！」と言っているのだけはわかる。

視界はゆっくりと空へと向かっていくと、丸い花が開いているのが見えた。

赤、青、オレンジ、緑、桃色……。カラフルな色の花が青い空を彩っている。巨大な万華鏡を見ているかのようだ。そこでふと僕は以前、同じ夢を見たことを思い出した。

大きな花は空へと昇っていく。

必死に手を伸ばしたけど、花はするりと青空へと消えていった。


そして僕は目を覚ました。

青空はなく、天井へと伸ばした手が寂しそうに空《くう》を掴んでいる。その手を取り、覗き込んだのは銀狼の獣人だ。耳と尻尾をピンと伸ばして、僕が目覚めたことを喜んでいた。

「アリア……？」

「やあ、目覚めたかい、ルヴィンくん」

「僕、寝て……――!!　アリア、今は何日ですか？」

「落ち着くんだ、ルヴィンくん」

アリアは一度起き上がった僕の身体を、再び自分の太股に押し戻した。さらに自分の尻尾を僕の胸に擦りつける。尻尾を通してアリアの体温が伝わってきた。暖かい。何よりモフモフだ。さすり続けていると、自然と自分の心が落ち着いてくるのがわかる。

ふと周りを見て、ここがアリアの寝室であることに気づいた。

僕は普段アリアが寝ているベッドの上に寝かされていたようだ。

「ルヴィンくん、いつもボクの国のためにありがとう」

「感謝なんて。僕はアリアや、みんなに迷惑をかけてばかりで」

「ボクがいつ迷惑なんて言ったんだい。誰もそんなこと思ってないよ。君はよく頑張ってる」

アリアは姿勢を崩し、横になる。

僕の隣で寝っ転がると、目線を合わせながら僕の胸に手を置いた。

母親が子どもに子守歌を聴かせる——そんな体勢だった。

「ねぇ、アリアの幸せって何？　やっぱりエストリア王国を大きくすること？」

「それもあるけど……。ボクの幸せはルヴィンくんとこうして過ごすことかな」

「僕と？」

「ポカポカ陽気の日に、岩の上でこうやって君と寝そべっていたい。それがボクの幸せさ」

とても一国の女王陛下の望みではなかった。父上ならば、国の発展と国民の安寧《あんねい》と答えただろう。なのに同じ君主でも、アリアのそれはまるで近所の野良猫みたいな幸せだった。

『自分が思う他人の幸せが、他人にとっての幸せとは限らない』

フェリクスさんの言葉を思い出す。たとえ野良猫みたいな幸せでも、アリアにとって重要ならエストリアはこのままでもいいのかもしれない。つまり何もかも投げ出すっていう選択肢だ。

カイン兄様は怒るだろうし、多くの人がエストリア王国に失望するだろう。

それでもいいのかもしれない……。

「アリア、僕の幸せを聞いてもらえますか？」

「なんだい？」

「エストリア王国を今より立派な国にしたい。そして――――」

獣人の尻尾が温かくて、優しくて、モフモフしていることを知ってほしい……。

アリアは少し驚いた後、「ふふ……」と猫がくしゃみでもするかのように笑った。

「諦めてないいんだね」

「うん！」

「ルヴィンくんは強欲だねぇ。でも、君ならそう言うと思ったよ」
・・・そういう君だからこそ、ボクはルヴィン・・・・くんが大好きなんだ・・・・・・。
「アリア？」

アリアは唐突に立ち上がると、部屋の厚手のカーテンを引き、さらに雨戸を開け放つ。強烈な陽の光が僕の目を刺した。同時に、聞こえてきたのは人の声だ。それも十や二十じゃない。百や千。いやもっとだ。

僕はベッドから起き上がり、窓の外を見る。

そこには無数の獣人が王宮を囲うように集まっていた。

顔を出した僕の姿を見つけると、大きな歓声が上がる。

「どうやら無事のようですね」

「あったり前よ！　うちの料理長がこれぐらいで音を上げるかよ」

「「ギィ！　ギィイイ‼」」

「ルヴィン様……。良かったただ……」

「ルヴィン殿、お下知《げじ》を！」

「ここからが勝負どころやで！　目にもの見せたるさかい‼」

マルセラさん、バラガスさん、ジャスパーとフィン。

フィオナに、リースさんやサファイアさん。

それだけじゃない。コロッケを広めた集落の子どもたちまでいる。

「お兄ちゃん！　これ見て‼　見て‼」

集落の子どもの手を見ると、生きたオーバル海老がうねうねと動いていた。

いや、僕が知っているオーバル海老よりもはるかに大きい。

あれなら二尾で盛りつけしなくても、一尾で十分インパクトのある皿になるはずだ。

すると、アリアは苦笑いを浮かべた。

「よく考えたら、子どもの頃に川で捕って食べてたなって思い出したんだ」

「子どもの頃に食べてた！　オーバル海老を⁉」

オーバル海老ってとてもすばしっこくて、人の手ではなかなか捕れない。だから専用の罠を使って、捕獲するのが定石だ。しかし、アリアも、子どもたちも手掴みで捕まえることができるらしい。幼い頃から狩りを教えられている獣人にとっては、朝飯前なのだろう。

「オーバル海老を捕まえるのを、僕たちも手伝うからね」

「い、いいの？　家の仕事もあるんじゃ？」

「大丈夫だよ。ルヴィン兄ちゃんが大変な時だから手伝えって。兄ちゃんとフェリクスのおっさんにはとてもお世話になったから」

みんな……。

「泣くのは使節団が帰ってからだよ。けど遅れている工事については、どうしよう」

「大丈夫だよ、アリア」

寝てちょっと頭がスッキリしたおかげだ。

頭がクリアになって、今はいろんなアイディアが湧き出てくる。

「アリア、アルフォンスさんに丈夫な布を用意してもらって。なるべくたくさん」

「ん？　わかった」

さらに僕は下にいたバラガスさんに指示を出す。

「庭園の設計を変更します」

「え？　今からかよ」

「秘策を思い尽きました。きっとカイン兄様も驚くはずです」

「驚く――か。くははは！　了解だ、料理長。王子様に目にものを見せてやりましょう！」

そして二週間後、千名の外交使節団がエストリア王国にやって来た。

◆◇◆◇◆

カイン兄様が集めた外交使節団は、続々とエストリア王国国境付近に集結しつつあった。

様々な国の紋章が付いた客車《キャビン》が並び、さながら各国の馬車の見本市を思わせる。最後に一際豪華で大きな馬車が停まった。降りてきたのは、カイン兄様だ。

煌びやかな衣装を纏っているものの、その表情は冴えず、やはり不機嫌に見えた。

辺りを確認した後、出迎えた僕と騎士団長のリースさんのところにやって来る。

「遠路はるばるエストリアまでお越しいただきありがとうございます、カイン兄様」

「どういうことだ、ルヴィン」

「……石畳のことですね」

カイン兄様は表情を変えず、僕の挨拶などなかったかのように話を進める。

僕の背後にあるエストリア王国の街道に視線を向けると、その顔は余計険しくなる。

要望書通りなら、期日までに街道はすべて石畳になっているはずだ。でも視界に見えるのは、荒れた田舎道だけ。長雨のせいでぬかるんでいて、馬車が通るのも危うい。仮に通れたとしても、王宮に到着する頃には御者も馬もドロドロになっているだろう。

「言ったよな。石畳にしておけって。お前も蛮族も、満足に文字も読めないのか？」

背後で僕たちの会話を聞いていた大使たちから嘲笑が漏れる。

対するカイン兄様は完全にキレていた。自分の要望を無視されたと思っているのだろう。目は血走り、今にも僕に掴みかからん雰囲気だ。側に武装したリースさんがいなければ、今頃一発殴られていたかもしれない。

「申し訳ありません、兄様。長雨でこの先の橋が落ちてしまい、工事が終わっていません」

「オレは『しろ』と命じた。兄に恥を掻かせる気か、ルヴィン」

「いえ。別の方法で皆様を王宮にご案内することにいたしました」

「別の方法だと……」

「舗装された石畳を馬車で走るよりもお気に召すかと」

僕はそれ以上何も言わず、リースさんに合図を送る。

リースさんが角笛を吹くと、不意に僕たちの周りが暗くなった。

空に浮かんだものを見て、一斉に言葉を失う。カイン兄様ですら、慌てふためいていた。

「なんだ、あれは？　大輪の………花か？　あんなものは見たことがないぞ！」

カイン兄様が〝花〟と呼ぶその花弁部分は大きな袋だった。花托《かたく》の部分には大きな樽があって、獣人が二人乗り込み魔導石を操作している。大きく膨らんだ色とりどりの袋は、下から見ると空に浮かんだ万華鏡のようだった。それは僕が見た夢の光景と酷似している。

「気球という空飛ぶ乗り物です」

「空飛ぶ乗り物だと！　馬鹿な！　いや……しかし……」

カイン兄様だけじゃない。他の外交使節団の参加者も一様に驚きを隠せなかった。

この世界には魔術が存在するけど、自在に風の魔術を操って空を飛べるのは一握りの天才だけだ。しかも気球のように大勢の人を乗せて空飛ぶ乗り物は、僕が知る限り存在しない。

「どうぞカイン兄様。お乗りください」

勧めるのだけど、カイン兄様は一歩も動かない。

見かねたリースさんが、カイン兄様に声をかけた。

「どうされたカイン王子。留まっていては王宮に参ることもできませんぞ。それとも我が輩の背中に乗っていかれますかな。はっはっはっ！」

「う、ううう、うるさいぞ、獣人！　良かろう、ルヴィン。今回は大目に見てやる。しかし、次はないぞ。いいな‼」

僕にしっかり釘を刺すと、気球に向かっていった。足が震えているのは気のせいだろうか。

カイン兄様が気球に乗り込むのを見届けながら、僕はリースさんに感謝の意を示した。

「間に合って良かったよ。これだけの生地を縫うのも探すのも難しかったでしょ、リースさん」

袋部分の縫合は、森で暮らす獣人たちにも手伝ってもらった。

元々動物の皮をなめしたり、切ったり縫ったりしていたから、裁縫は得意らしい。自分たちで狩りの道具を作ったり、修理したりするため、手先が器用なのだ。

森の獣人だけじゃない。試作に付き合ってくれたサファイアさんたちハーピー族にも感謝しないと。

「なんのこれしき。それにしてもこんな乗り物まで設計するとは……。さすがルヴィン殿」

【料理《レシピ》】は最終的に料理に繋がるものなら、その道順を示してくれる。

料理を提供する場所はもちろん、僕が前世で見たものであってもだ。

気球の作り方（ヴァルガルド大陸ver）

【バルーンの作製】厚手の生地を大きな気球型に縫い合わせ、耐火性能を上げるために特殊な加工を行います。

【ゴンドラ設置】乗車部分を設置しましょう。バルーンとゴンドラをしっかりと固定します。ゴンドラには土の魔術陣を描き、飛行中のバランスを調整すると良いでしょう。

【火の魔導石の設置】バルーンの下部に火の魔導石を設置します。魔導石が燃焼を続けることによって、上昇し続けることができます。

【気球の膨張】風の魔術を使い、バルーン内に空気を送り膨らませます。バルーンに浮力がついた後、土の魔術陣を起動し、バランスを取ります。

【飛行の準備】気球が膨らんだら、火の魔導石を作動させます。上昇後、風の魔術あるいは魔術陣を作動し、制御してください。


リースさんは再び角笛を鳴らすと、気球が徐々に上昇し始める。

慣れない感覚に戸惑う人たちが続出した。カイン兄様もその一人だ。

「ば、馬鹿な……。本当に人を乗せて、浮いてるだと！」

樽の縁をしっかりと握り、カイン兄様は恐る恐る外の景色を眺める。先ほど乗ってきた馬車がすでに指先ぐらいになっているのを確認した兄様は、悲鳴を上げて樽の中央にまで後退《あとずさ》った。

空を飛ぶのは、きっと兄様でも初めてなのだろう。

僕はリースさんの背に乗って、カイン兄様が乗った気球を追いかける。

気球はすでにエストリア王国王宮よりも高い場所を飛んでいた。眼下には見渡す限り緑が広がり、顔を上げると険峻《けんしゅん》な山々が聳《そび》えている。セリディア王国は広く、川や肥沃な平地、海があるけど、ここまで自然豊かな土地はない。いや大陸中を探したってないはずだ。

「カイン兄様、初めて空を飛んだ感想はいかがですか？」

「る、ルヴィン！　貴様、そんな獣人の背に乗って、怖くないのか？」

「……？　もしかしてカイン兄様は高いところが怖いのですか？」

カイン兄様の顔がみるみる赤くなっていく。

「ば、馬鹿を申せ！　そ、そそ、そんなことはない」

「その割にはゴンドラの中央で這いつくばって、動けないようですが」

「う、うるさいぞ、蜥蜴獣人‼　ここまでの長旅で疲れただけだ」

「そうですか。ならば、もっと広い方が良かったかもしれませんな」

「なに？」

作ることができた気球は十機。一機に乗れるのは、最大三十人だから、ざっと三百人を乗せている計算になる。残りの七百人をどうしたかというと、答えはシンプルだ。気球がダメなら、人力で飛ばすしかない。人族は難しくとも、獣人には空を自在に飛ぶ種族がたくさんいる。その一種がハーピー族だ。

「皆様、本日はハーピー交通をご利用いただきおおきにやで。あんたらの空への旅をサポートするプリティーハーピーちゃんこと騎士団の青い宝石――サファイアちゃんとは、うちのことや！」

軽快な挨拶を披露するサファイアさんの足元には、船が括り付けられていた。

二百人以上の使節団の方々が乗船し、縁に捕まって、空からの眺めを楽しんでいる。その船を浮かせているのは、総勢二十名のハーピー族だ。身体は華奢でも、彼らが持ち上げる力は、人族の想像を絶する。一人で大きな石材を運搬することも可能で、戦乱の最中では敵城の内側に大きな石を落として、城主たちを震え上がらせたらしい。

ハーピー族だけではない。空の雄と呼ばれる獣人たちが翼を広げて、船に乗った使節団の方々を運んでいた。その様子を見て、カイン兄様は絶句していたけど、概ね使節団の方々の反応は好意的だ。

「火で浮力を得ているのか……」

「最新の魔導研究技術にもこんなものはないぞ？」

「何が蛮族の国だ。我が国の技術の数段先をいっているではないか」

最新とかそんなレベルじゃない。異世界の技術だから驚くのも無理はないだろう。

中には僕に気球の作り方を教えてほしいという方もいたけど、丁重にお断りした。戦争に利用される可能性があるからだ。平和利用なら歓迎だけど、戦いに利用されて、アリアたちを苦しめることになれば、僕は自分を許すことはできないと思う。

それよりも、外交使節団の方々に見てほしいのは、エストリア王国の美しさだ。中にはすでに魅了され、うっとりした目で山の麓まで続く森を眺めている参加者もいる。見かけだけじゃない。ここには多くの資源が眠っている。それはあのクレイヴ家の当主アルフォンス伯爵が認めるほどだ。

発見された魔草や、湧き水、豊富な森の恵みについて話をすると、使節団に加わっていた商人たちが興味深そうに僕の話を聞いていた。気球に乗ったまま、金貨の入った袋を掲げる商人も少なくない。みんなが大はしゃぎする中、一人青い顔をしていたのはカイン兄様だった。

「カイン兄様、大丈夫ですか？」

「う、うるさい！　も、もういい！　さっさと下ろせ」

「あとエストリア王国の良さについて、空の上で三時間は語ろうと思っていたのですが」

「三……。馬鹿か！　そんなものはどうでもいい。それよりもオレは腹が減った」

「わかりました。料理はご用意できているので、ご安心を」

「それだけではない。要望に書いた川……。ちゃんと用意できているのだろうな？」

「もちろん。では、空の旅はこれぐらいにして……」

というと、外交使節団の一部の方が肩を落とした。一生にあるかないかの体験なのだ。高いところを苦にしない人たちが中心になって、ブーイングを上げる。

「黙れ、お前ら!!」

カイン兄様が一喝すると、騒いでいた使節団の方々は黙って下を向いた。

気球はカイン兄様の要望通り、王宮に向かって降下していく。予定の半分も消化できなかったけど、好評で何よりだ。気球の旅は今後エストリア王国の貴重な観光資源になると思う。エストリアの森や山々はとても美しいから、きっと観光客が押しかけるだろう。

大成功の初フライトを締め括りながら、僕の目は次のことに向けられていた。

◆◇◆◇◆

「お待ちしておりました、カイン王子。そして使節団の皆様」

城門の前で使節団を出迎えたのは、エストリア王国女王のアリアだった。

その姿はいつもとは違う。銀色のドレスを身に纏い、頭にダイヤをあつらえたティアラを被っている。綺麗な銀髪の上で輝くティアラは美しかったけど、それ以上に使節団——特に同行した代表者の奥方たちの目を引いたのは、アリアの肌だった。

「まあ、なんて綺麗な肌なのかしら」

「髪も艶々……。どんな手入れをされているのかしら」

「ここに来るまでは獣人って、もっと野蛮な人種だと思っていましたのに」

アリアだけじゃない。身綺麗にした獣人たちの肌や毛並みにすらうっとりしている。淑女の方の中には、獣人の給仕を捕まえて、手入れの仕方を根掘り葉掘り聞く人もいた。

人の第一印象はまず見た目から決まる。フィオナと協力しながら、王宮流の所作に加えて、肌や髪の手入れの仕方なども徹底して教育した。もちろん、魔獣食の力もあるけど、フィオナがいなければ、この好評価は得られなかったはずだ。

(フィオナ、グッジョブ!)

アリアと同じく外交使節団を出迎えたフィオナに親指を立てる。

本人は楚々として表情を変えなかったが、僕に目配せで返答した。

第一印象にこだわったのは、人だけじゃない。綺麗にクリーニングされた廊下の絨毯。埃一つない窓枠。そこかしこに置かれた調度品は決して高価ではないものの、王宮や外に見える森とマッチしたものが選ばれている。窓から廊下に差す木漏れ日は優しく、葉の影にすら芸術性を感じられた。

王宮の雰囲気は使節団が来ると決まった後と、前ではもはや別物だ。

フィオナによる徹底した整理・整頓・清掃のおかげで、傭兵の根城みたいだった城は他国に負けないぐらい美しく、清潔感あふれる王宮へと変貌していた。

「ほう。綺麗だ」

「外見も美しく良い城だったが、中身も悪くないですな」

使節団の人たちも感心している。しかし、カイン兄様は違う。気球に乗ってから、いや乗る前からイライラしていた兄様は、腹に溜まった憤りを後ろに控えた僕にぶつけた。

「調子に乗るな、ルヴィン。……例のものは用意できているんだろうな！」

「カイン兄様がそこまで川のことを好んでおられるとは知りませんでした」

「先ほどは許したが、次はないぞ。要望通りでなければ即刻帰らせてもらう。良いな！」

「ご心配なく。自信作ですから」

「ふん！　魔術でチョロチョロと水を流すようでは、認めぬからな」

僕とアリアは特別に作った大広間にカイン兄様と使節団をお通しする。

たくさんの陽光が降り注ぐ広間の奥は、王宮の中庭へと続いていた。

広間から中庭の光景を眺めた使節団の方々から、再び感嘆の声が漏れる。

気になったカイン兄様は、使節団の人たちを押しのけ、中庭を見つめた。

「なんだ、これは？　砂や砂利が広がっているだけで、川などないではないか。くはははは！　ついに約束を違《たが》えたな、ルヴィン！」

カイン兄様は「川だ」「川を出せ」と喚き散らす。

僕は決して約束を破ったりしていない。何故なら川はちゃんと目の前にあるからだ。

喚き散らす兄様の肩を叩いたのは、ターバンを巻いた使節団の方だった。西国スカラムの出身の方だろう。ヴァルガルド大陸において、もっとも降水量が少なく、国土の七割が砂漠に覆《おお》われている国だ。資源は乏しく、ほとんどの国民は海に面した港町で漁業を営んでいる。

初老にさしかかろうというスカラムの方は、にこやかな表情でカイン兄様に声をかけた。

「少しよろしいですかな、カイン王子」

「これはスカラムの大使殿。どうなされた？」

「ルヴィン王子は何も嘘を仰っておりません。よく見なされ」

中庭に敷き詰められた砂には、模様が描かれていた。

何重にも重なった円。あるいは波模様。それは庭を横切る小川のようにも見えた。

徐々に他の使節団の人たちも、庭に描かれた川に気づき始める。幻想的ともいえる砂の川に口を開けたまま魅了される人もいた。

「サンドリバーと申しましてな。水が貴重な我が国では、こうして川に模様を描いて、お客様を出迎えるのが習わしなのです」

「さ、サンドリバー……だと……」

「よもや我が国伝統のサンドリバーをこのような場所で見ることになるとは……」

当初は庭に川を引く予定だったけれど、工期は遅れに遅れて、それどころではなかった。

そこで思い出したのが、スカラムのサンドリバーだ。ただし砂ではなく、こちらでは主に川辺の砂利を使って、川を表現している。

サンドリバーを思い出せたのは、以前スカラムの大使とお話をしたことがあったからだ。

「ルヴィン王子、ご無沙汰しております」

「覚えていてくれたのですね。大使もお元気そうで何よりです」

「それはこちらの台詞です。王子もご壮健の様子。大変嬉しく思います」

大使は僕が【万能《プライム》】を失ってからも、手紙を送ってきたり、手作りの珍重品を贈ってくれたり、何かと気にかけてくれた数少ない僕の支持者だ。使節団の中に名前を見つけた時は驚いたけど、わざわざ僕に会うため、この使節団に参加したのだという。

「大使、実はこれはただのサンドリバーではありません」

「ほう？　まだ仕掛けがあるのですな」

「では、お耳を拝借。使節団の皆様もどうか今しばらくご静聴ください」

僕の指示で、スカラムの大使も他の使節団の方々も耳に手を当てる。

みんなが同じような姿勢を取るのを見て、渋々カイン兄様も僕の指示に従った。

しん、と大広間は静寂に包まれる。

風が吹き、梢が揺れる音が爽やかな沢の音を想起させた。

「なんと涼やかな……。サンドリバーが本当の川になった」

スカラムの大使からほろりと涙が落ちる。

その心地良い音に、他の使節団の方々もうっとりとして聞き入っていた。

「砂の川に本物の川音を聞かせるとは……。実に風流ですな、カイン王子」

「はっ？　そ、そうであるな。風流……確かに風流だ」

口の端を震わせながら、カイン兄様は何度も頷く。

さっきまで「川を出せ」と異常な執着を見せた兄様も満足してくれたようだ。

「それでは晩餐が始まるまでどうかおくつろぎください」

この後の予定を、マルセラさんに引き継ぎ、アリアと僕は中座する。

大広間の扉が閉まった瞬間、僕たちはホッと息を吐いた。

「一時はどうなることかと思ったけど、喜んでもらえて良かったね、ルヴィンくん」

「気球の用意も、サンドリバーもギリギリだったからね」

「ありがとう、ルヴィンくん。この様子なら、この後に控えている会談もうまくいくと思う」

この後アリアは、カイン兄様と使節団の代表数名との会談に出席する。

今後の各国との関係を占う会議で、アリアだけではなく、アドバイザーとしてアルフォンス伯爵閣下にも出席してもらう予定だ。エストリア王国は未だにどこの国とも国交を開いていない。人の行き来はすべてクレイヴ家を介して行われている。しかし、今回の会談がうまくいけば、国交を開き、直接人の行き来が可能になるかもしれない。獣人たちが他国に旅行する日もそう遠くはないはずだ。

「僕も料理を頑張らなくちゃ」

「大丈夫。ルヴィンくんならできるさ」

アリアは僕を抱きしめる。いつも通り、僕の頭が豊かな胸に埋まってしまった。

こうしていると、アリアの持つパワーが自分の中に流れ込んでいくのを感じる。一つ弱点があるとすれば、ちょっと恥ずかしいことぐらいだろう。子どもの僕とアリアではまだまだ身長差がありすぎて、どうしても僕の頭はアリアの胸の中に埋まってしまう。早く大きくなりたいなあ。そうすれば、僕がアリアを抱きしめることだってできるのに……。

「アリア……。ドレスが皺になっちゃうよ」

「あ。そうだった。じゃあ、また後で。料理楽しみにしてるからね」

「うん。任せて」

僕は手を振ると、それぞれ別の方向へと走っていった。

◆◇◆◇◆　カイン王子　◆◇◆◇◆

使節団の多くが大広間に留まり、雄大なサンドリバーと自然の音に癒やされる中、カイン王子はお供を連れて、あてがわれた個室でくつろいでいた。高級な宿場のスイートルームほどの大きさがある部屋には、寝具はともかくとしてソファや執務机、果ては一人用の浴場や炊事場まで完備されている。

いざという時の回復薬なども常備され、その高いホスピタリティにお供たちが圧倒される一方、カイン王子は荒れていた。部屋にあった高級ワインを一気に呷《あお》ると、グラスを扉に向かって投げつける。乾いた音が部屋に響き、王子の荒い息と重なった。

これから会談だというのに、さらに酒を飲もうとするカイン王子をお供たちは止めたが、まったく聞く耳を持たない。ついにはお供全員を部屋から閉め出してしまった。

「何がルヴィンだ……」

自分しかいない部屋の中で、カイン王子は呟く。

ルヴィンとカイン王子には兄弟という以外に、一つ因縁めいたものがあった。

セリディア王家の一員として生まれたカイン王子にも、生来生まれ持ったギフトが存在する。その数はたったの一つ。七つ持って生まれたルヴィンとは雲泥の差だ。しかも、そのギフトはとても厄介な代物で、父であるガリウス国王陛下からその使用を固く禁じられていた。使うことも許されないたった一つのギフト。さらに誰も手がつけられない気性の荒さ。

カイン王子もまた王宮ではルヴィンと同じく鼻つまみ者だったのだ。

同じ境遇の者同士、気が合ったかといえば、そうではない。

当初、カイン王子はルヴィンに対して対抗心を燃やしていた。

七つある、それも優秀なギフト。周りから愛される性格と見た目。

自分にないものを、ルヴィンは持っていた。

そんなルヴィンが呪いを受けたと聞いた時、心底嬉しくて一日中笑っていたものだ。このまま弟は自分と同じく落ちこぼれていくだろう。誰からも相手にされず、水を失った野花のように枯れて死んでいくのだと思っていた。だが、エストリア王国で見た弟王子は、【万能《プライム》】のギフトを持っていたルヴィン・ルト・セリディアのように周りから慕われていた。

「くそっ！」

悪態を吐きながら、カイン王子は酒を探す。

気が付けば、部屋にある酒は全部飲み干していた。

声をかけたが、返事はない。仕方なく自ら部屋を出て、酒を探し始めた。

無論、他国の王宮の構造に明るいわけがない。だが、酒の貯蔵庫など地下にあるのが定番だ。千鳥足で廊下を進み、階段を下りる。冷ややかな空気を感じ、誘われるように倉庫に踏み込んだ。中はかなり寒かったが、酒が入ったせいで気にはならなかった。

「なんだ、これは……」

倉庫の中にあった巨大なものを見て、声を失う。

微かに魔力を感じた時、自然とカイン王子の口角が上がった。

「見てろ、ルヴィン。お前のその能天気なツラをグシャグシャにしてやる！」

カイン王子の瞳は、暗い倉庫の中で光るのだった。

◆◇◆◇◆

炊事場に戻ってきた僕は、バラガスさんからとんでもない報告を受ける。

なんと用意していたオーバル海老が、突如として生け簀からいなくなったのだ。

エストリア王国の川で捕まえたオーバル海老は、外交使節団との晩餐会まで王宮の中に作った生け簀に入れていた。貴重な材料だから盗難も考えられる。生け簀には金網をのせて、網が持ち上げられないように鍵までかけて厳重に保管していた。想定外だったのはここからだ。鍵こそ破られはしなかったものの、硬い金網を何者かにズタズタに切られてしまった。

犯人はオーバル海老だ。

エストリアの森の濃い魔素をたらふく口にし、大きくなったオーバル海老は、細い針金程度なら切断してしまうほど力が強かった。金網を突破したオーバル海老は大脱走。王宮のあちこちに逃げ去ってしまった。人族なら慌てふためいただろうけど、今回は相手が悪かった。

鼻の利く村落の獣人たちにも手伝ってもらって、オーバル海老を捕獲してもらったのだ。

「これで最後、と……」

僕は捕まえたオーバル海老を生け簀に返す。その上から厚い鉄の板をのせた。さすがに観念したのか、大脱走を演じたオーバル海老は生け簀の底へと戻っていった。

「ありがとう、助かったよ」

「へへ……。ルヴィン兄ちゃんの頼みならなんだってやるよ。その代わり」

「今度、おいしい料理をご馳走するよ」

「ならオーバル海老がいいな～」

「わかった。考えとくね」

やった、と大はしゃぎしながら、村落の子どもたちは帰っていった。子どもたちにとってオーバル海老を捕まえることは、遊びの一環ぐらいでしかなかったのだろう。

獣人たちのおかげで、また危機を回避できたけれど、これで終わりというわけじゃない。

僕たちには捕まえたオーバル海老を使って、メインディッシュを作るという大仕事が残されている。すでに晩餐会は始まっていて、食前酒を配り終えたところだ。

メインまで、あと一時間と少ししかない。

その間に、バラガスさんやクレイヴ伯爵が集めてくれた料理人たちと一緒に、千匹のオーバル海老を捌《さば》く必要がある。時間厳守は絶対だ。何故なら人の味覚は刻一刻と変わっていくからだ。料理人たちは変わりゆく味覚まで計算し尽くし、その瞬間において最高の料理を出している。たとえトラブルがあろうと、メインを出す時間を大幅にずらすなんてことはできない。

「こうなったのも、獣人たちが管理をしっかりしていないからだ」

「なんだと！　俺たちのせいだと言いてぇのか⁉」

炊事場の隅で人族の料理人と、獣人の料理人とで口論が始まっていた。包丁の音が止まり、キューキューと音を立てて鍋の中身が煮詰まっていく。同時に口論にも熱が入る。

慣れない炊事場。場所が変われば、人も変わる。加えて時間という強烈なプレッシャー。

名店の看板を背負った料理人たちですら、精神が限界に達しつつある。

それでも僕は前に進まなければならない。千名のお客様のために……。

「バラガスさん、お願いします」

「へい……」

バラガスさんは大きく息を吸い込む。

直後、一気に吐き出した。

「うおおおおおおおおおおおおおおおおおおおおおおっっっっっっっ‼」

王宮はおろか、エストリア王国全体が震えたんじゃないかってぐらい、バラガスさんの雄叫びは強烈だった。ど迫力の雄叫びに、口論に加わっていた人族も獣人も目を点にしてこちらを向く。

僕は腰に手を当て、ムッと口を結んだ。

「そこの鍋を火から離してください。あと、そこの葱は廃棄します。同じタイミングで切らないと、味に差が出てしまうので。食品庫から新しい葱を出して、切ってください。あ――。鍋の中の鶏は賄いに回すので、氷水で冷やしておいてくださいね」

「ルヴィン料理長は今回の晩餐の総料理長だ。おめぇら、総料理長の指示に返事は？」

バラガスさんが睨みを利かせる。

料理人たちはたちまち我に返ると、「はい」と返事した。

だけど、やはり子どもの僕を見て、侮る料理人は少なくない。そういう人がいるのは当然だ。だから料理人は、料理で黙らせる。

「今からオーバル海老の下拵えの方法を教えますので、見ていてくださいね」

これほどのオーバル海老を捌くのは、僕を含めて炊事場にいる全料理人が初めてだ。獣人の料理人たちも我流がほとんどで、綺麗に殻を剥いたことがない。ほとんどゼロの状態から、僕たちはオーバル海老を捌くことになる。

でも、僕には【料理《レシピ》】がある。

「まずオーバル海老を氷水に入れ、動けなくしてから捌きます」

僕はあらかじめ氷で締めていたオーバル海老を取り出す。

まずは頭からだ。頭と胴体の境に包丁を入れ、慎重に取り外していく。頭の中に詰まった味噌を取り出した後、胴体側に移って、腹側の足の付け根部分を切っていく。背殻と腹殻が切れたら、腹側を持ちながら、慎重に殻を剥がしていった。

流れるような僕の捌き方に、それまで遠巻きに見ていた料理人たちは自然に近づいてきて、僕を中心に輪を作る。自分の店で、あるいは貴族の炊事場で腕をならしてきた大人の料理人たちが、子どもの僕の手先に釘付けになっていた。

周囲からのプレッシャーを感じつつ、僕は背わた、脚、触角の順に切っていく。

一尾が終わった。五十秒か。もうちょっと速くできるかな。

僕が百匹捌くとして、手の空いている料理人が十五名弱。間に合うな。

「今回は尾を切らずに残しましょう。少しは時間短縮になります。姿盛りの予定なので、殻は捨てずに残しておいて……くだ、さ……い」

炊事場がしんと静まり返っていた。僕を囲んだ料理人たちが、口を開けて唖然としている。

本当に黙らせてしまった。まずい。さすがにやりすぎたかもしれない。

「ははは……。えっと……。僕……、なんかやっちゃいました……？」

自分でも下手クソと叫んでしまうぐらい愛想笑いを浮かべていると、突然拍手が鳴る。

素晴らしい！　と声が上がり、称賛する声が相次いだ。

「素晴らしい技術だ！」

「一体どこでそんな……」

「まさに神業だ……」

褒め称える。おかしい。僕はただ【料理《レシピ》】通りにオーバル海老を捌いただけなんだけどな。

「お、落ち着いてください。時間がありません。すぐ取りかかってもらえますか」

『わかりました《ウィ》、料理長《シェフ》‼』

一瞬――ほんの一瞬だったけれど、前世の記憶と重なる。

遠い……、遠い昔、僕はこうやって人から『料理長』と呼ばれる存在だったのかもしれない。

◆◇◆◇◆

「失礼します」

料理長の僕、副料理長のバラガスさんが晩餐会場に入場する。談笑がやみ、自然と目線が僕らに向くのを感じた。国際的な晩餐の席では、メイン料理が配膳される前に料理長あるいは副料理長が挨拶することになっている。これも立派な料理長の仕事なのだ。

「エストリア王国の料理長、そして女王陛下の料理番のルヴィン・ルト・セリディアです。改めて外交使節団の方々、遠路はるばるお越しいただきありがとうございます。またこのような機会を作っていただいたカイン王子に感謝を申し上げます」

コック帽を取り、僕は深々とお辞儀する。

次に今日の料理のコンセプトを話し始めた。

「まず今回の料理のテーマは調和と敬意です」

普段僕たちは肉料理を主として、女王陛下に料理を出しているが、今回はあえてエストリア王国にはあまりない魚介系の食材にこだわってみた。そこにエストリア王国が誇る食材を組み合わせ、今回の晩餐会用のスペシャリテをメニューに並べたのだ。

「たとえばトリュフ風味のスカラム蟹のビスクは最たるものです。皆様もご存知のスカラム王国で捕れる蟹は、強い旨みと風味が特徴です。その殻を刻み、数種類の野菜、魚介出汁、白ワインで煮詰め、濾《こ》したスープに、我が国のトリュフを刻み入れてあります」

スカラム蟹とトリュフを入念に攪拌《かくはん》することによって、滑らかな口当たりと、海と山の旨みと風味が渾然一体《こんぜんいったい》と感じられる料理に仕上がった。まさにこの晩餐会にふさわしい逸品だと、僕は自負している。

ビスクの評判は上々だったようだ。使節団の参加者が、味を思い出すように頷いていた。

ただ全員が全員というわけじゃない。突然、一人の男の人が勢いよく立ち上がる。カイン兄様の近くに座ったその人は、おそらく男爵の位を持つ貴族だろう。背が高く、大柄の身体はよく鍛え上げられていて、上衣のボタンが今にも弾けとびそうだった。

「料理長《シェフ》、一つうかがいたいことがある」

「なんでしょうか？」

「前菜のことだが……」

前菜は「貝のタルタル、香草のさっぱりソース添え」だ。

蒸して粗く切ったホタテと、紫貽貝《ムール》に、細かく切った数種類の香草と、塩胡椒、檸檬汁、オイルを合わせたソースを添えた一皿だ。ホタテと紫貽貝のフレッシュな食感に、香草の利いた爽やかな味わいが後に引く。見た目にもこだわっていて、青い皿に、白い貝の身が映える姿は小さな海の中をイメージさせた。子どもの僕らしい、ちょっとした悪戯心も加えた料理だ。

「味は申し分なかった。しかし、何故そこの老人と、私たちの料理が違ったのだ？」

男爵はスカラム王国の大使を指差す。

大使も何故自分が名指しされているかわからないらしく、目を白黒させていた。

「私は貝で、そこの大使は牛のタルタルを食べていた。これは不公平ではないか？　大方料理長とその大使が懇意にあるからであろう。調和や、敬意とお題目を唱えるなら、我々にも平等であるべきだ。お前たちも、そう思うだろう」

男爵の声は晩餐の会場いっぱいに広まる。すると後ろの取り巻きとおぼしき者たちが立ち上がって、「不公平」「不平等だぞ」と声を荒らげた。僕はチラリとカイン兄様の方を見る。周りが盛り上がる中、カイン兄様は話の輪に入らず、ワインを傾けていた。

「てめぇ、うちの料理長の料理にケチをつけようっていうのか？」

「そうだ。聞こえなかったか？　その頭に付いた耳は飾りか、くまこー」

「なんだと‼」

バラガスさんと男爵が睨み合う。一触即発の空気の中で、使節団の団長とアリアが割って入った。アリアはバラガスさんを、団長は貴族を諫める。それでも諍《いさか》いを収拾するには不十分だった。ついには兄様と同年代の貴族を中心にブーイングを響かせる。

少し嫌な空気が立ちこめる中で、僕は冷静に説明を始めた。

「どうか落ち着いてください。これには理由があります。端的に申し上げると、スカラム王国では貝を食べないからです」

「はあ？　貝を食べないだと？」

そうだ、と頷いたのは、事態を見守っていたスカラム王国の大使だった。

砂漠の国というイメージが強いスカラム王国だけど、実は東の一部だけ海に面している。小さいながら豊富な漁場があり、「幻の蟹」と呼ばれるスカラム蟹もそこで水揚げされる。そのため主食は魚介や穀類が中心だが、何故か貝を食べるという文化は広まらなかったらしい。

「文化的な理由からスカラム王国の大使の皿は、貝の代わりに牛のタルタルにさせてもらいました。これは本人に事前に通達しております」

「おいしかったよ。少し辛めのソースを添えてくれたのは嬉しかった」

辛い物好きで有名なスカラム王国の大使は、嬉しそうに頬を緩ませる。

スカラムの大使だけじゃない。各国の食文化や宗教、果ては出席者などの好みの味をすべて調べて、僕は今回の晩餐会に挑んでいた。その証拠を僕は暴れる男爵に差し出す。

「参加者の家臣の方々から教えていただいた、聞き取り帳です」

「まさか……。本当に全員の好みや食べられないものを調べたのか」

千名分の好みと、嫌いな食べ物のリストと聞いて、出席者は思わず絶句する。残っていた肉料理を食べようとしていた貴族は、フォークに肉を刺したまま固まっていた。

「じゃあ、千名分の皿の味をすべて一人一人変えているのか？」

「はい。すべてお口に合うように調整させていただいております」

「何故……？　そこまでしてエストリア王国を、獣人を認めてほしいのか」

「料理のテーマは調和と敬意です……。調和とは平等ではありません。一つのスープに様々な材料が混ざり合い、味を深めていくようなものだと僕は思っています。そのためには互いの敬意が不可欠です」

敬意なきスープなんて、ただ味が均質化された水みたいなものだ。喉を潤せても、味気なく感じてしまう。そんなのは料理でもなんでもないと僕は思う。

素晴らしい、と手を叩いたのは、使節団の団長だ。追従するように手を叩き、人族も獣人族も関係なく、僕に賛美を送ってくれた。僕は少し照れくさくなりつつ、全員の賛辞に会釈でもって応える。これには男爵も拳を下げるしかなかった。

晩餐の席が最高に盛り上がる中、水を差したのはカイン兄様だ。

「さすがは我が弟！　でも次はメインだ。わかってんだろうな、ルヴィン」

「ご心配なく、お兄様。人数分のオーバル海老をご用意させていただいております」

バラガスさんは手を叩いて合図すると、勢いよく扉が開いた。

一斉に配膳車を押して給仕たちが、部屋の中に入ってくる。

銀蓋されたメインの料理が、千名の使節団の前に並べられていった。

蓋をしていても、鼻をくすぐる香り。鼻腔だけじゃない。香りはするりと鼻から喉へ、喉からお腹へと下りていく。ここにいる人たちは、ただの人じゃない。それぞれ国を代表し、それなりの高給をもらって働いている。必然、舌が肥えた人たちだ。

そんな人たちの期待を感じる。

これは絶対おいしいだろう……と――――。

「どうぞ開けてください」

満を持して蓋は開かれた。銀蓋の隙間から漏れる香ばしい匂いが一段と強くなる。

手始めに貴賓の方々を刺激したのは、見た目だ。如何にも黒い武骨な陶器の皿に、焼き目のついた桜色の殻。黒の陶器と対極にある色は、溶けた牛酪《バター》をかけ回しながら火を入れた真っ白なオーバル海老の身だ。その周りに周辺国からの特産品である人参などの香味野菜を添え、オーバル海老を彩っていた。これもまた海と畑の調和だ。

「美しい……」

女性の使節団の一人が吐息を漏らし、宝石でも見るかのように目を輝かせた。

やはり驚くべきはオーバル海老の大きさだろう。川海老というイメージがあるオーバル海老は本来であれば、大人の人差し指ぐらいの大きさだ。だからこそ二尾以上使うのが料理を作る上での定石になっているのだけど、そのオーバル海老は大人の手よりも大きく、何よりもワイルドな見た目をしていた。

「牛酪《バター》とハーブが香る、オーバル海老のグリルです。季節の野菜と一緒にご賞味ください」

たった今、会場が晩餐の席だと思い出したかのように、出席者がフォークを取る。

その先が向けられたのは、エストリア産の大オーバル海老の白い身だ。

微かに食器が触れる音がする。

やがて晩餐の席は滝の流れが止まったように静かになった。

しかし、それは称賛という嵐の前の静けさにすぎなかったらしい。

「うまい」

「おいしい‼」

「うぉおおおぉぉぉおおぉぉおおおぉぉおおお‼」

絶賛。絶賛。絶賛の嵐だ。ついにはアリアの遠吠えまで飛び出す。

でも、女王の叫びが気にならないぐらい周囲は、称賛の声であふれていた。

「プリプリした海老の身がたまらん」

「牛酪《バター》の匂い付けも良い。これは黄金コンビだな」

「身を飲み込んだ後、スッとハーブの爽やかな後味が上ってくる」

「周りの野菜も飾りじゃないぞ。甘みが強く、何よりやわらかい。しっとりして、まるでクリームだ」

オーバル海老だけじゃなく、周りの野菜にも高評価が与えられる。

それには秘密があった。

「野菜は低温調理してあります」

「低温調理？」

「八十五度ほどの温度で、じっくり火を通す調理方法です」

「そんな調理法が……。貴国の料理技術は一体どこまで進んでいるのだ？」

低温調理は【料理《レシピ》】から教えてもらったものだ。

芋類をクリームみたいにやわらかくし、なのに煮崩れしにくい上、旨みや風味が強まる。知らない人からすれば、魔法みたいに思えるかもしれない。

「この調理法を教えていただけませんか、料理長。是非我が国に広めたい」

「私はこのオーバル海老を使った料理を教えていただきたいものですな」

「さすがボクの料理番だよ！」

一人の質問をきっかけに続々と僕の周りに人が集まってくる。

アリアまで感動して、ホスト役をそっちのけで、僕に抱き付く始末だ。

その時、そそくさと晩餐会から出ていくカイン兄様の姿が目に入った。

この後デザートもあるし、まだまだ食べてもらいたいものはたくさんあるのに、どこへ行ったのだろう。かなりお酒を飲んでいたからな。もしかしたら気分が悪くなったのかもしれないけど……。

「ルヴィン様、素晴らしい料理でした」

手を差し出したのは、使節団の団長だ。

「正直、子どもが饗応役と聞いて、当初は落胆しておりました。しかし、気球という最新技術に、余所の国の文化を取り入れるという懐の深さ。肝心の料理では見事に裏切られました。貴国のホスピタリティは素晴らしい。我が国も見習わなければ」

「ありがとうございます」

僕が笑顔で応じると、使節団の団長は急に声を潜めた。

「ここだけの話ですが、使節団の半数の要人があなた方と取引したいと考えております」

「よろしいのですか？　その……」

「お兄様のことを心配しているのですね。ご心配なく。参加者のほとんどが皇帝陛下の庇護下にございます。我々の盟主はセリディア王国ではありません」

「じゃあ、本気で……」

「もっと早く伝えるべきだったと、後悔しております。どうか今からでもお考えください」

使節団の団長と僕の手に、アリアの手が重なった。

「こちらこそよろしく頼むよ」

さらに多くの貴族が手を取り、使節団の団長の考えに同意する。

こうして千名の使節団を迎えた晩餐会は、大成功のまま終幕した。


…………はずだった。


轟音《ごうおん》とともに晩餐会が行われている大広間が震えた。

王宮全体がぐらついたかのような震動に、外交使節団の方々がどよめく。一方、会場にいる獣人たちは耳や鼻を動かして、状況を理解しようとしていた。しかし、意思疎通がまだ適わない中、一発目の轟音の五秒後、大広間の壁が吹き飛ぶ。

咄嗟に魔術で風の壁を作り、客人たちを守ったのはマルセラだ。風の魔術が得意な彼女は、降って湧いたような爆風を制御し、外へと逃がす。その際、壁の一部が壊れたが、幸いにも人的被害は免れた。

濛々と砂煙が上がる中、それは乾いた音を立てて現れる。

馬——。正確に言うならば、馬の形をした骨だった。

「なんだ、こりゃ？　スケルトンか？」

バラガスは自分が見たものが信じられず、数度瞬《まばた》きを繰り返す。

スケルトンとは魔獣の一種だ。濃い魔素の影響を受けた動物や人の骨が、まるで生命のように活動する〝動く死体《ウォーキングデッド》〟である。骨や肉などを分解する微生物が少ない、毒沼や荒れ地、ダンジョンの中に現れることが多く、他方で肥沃な森が広がるエストリア王国では滅多に現れない魔獣であった。

「マルセラ、ただのスケルトンじゃないよ」

「馬の割には身体が大きすぎますね」

アリアもマルセラと一緒に前面に出てきて、対処に当たる。

バラガスは馬の頭に付いた角を見て、スケルトンの正体に気づいた。

「ブラドコーン！　いつかリースと料理長が獲物で捕った。あっ……！」

「バラガス、何か思い当たることでもあるのかい？」

「料理長が出汁に使うかもって、倉庫に保管していた奴ですよ」

「なるほど。その骨か——ってことは……」

再び側で轟音が響く。王宮の分厚い壁を破り、天井の一部を削りながら大広間に入ってきたのは、これもまたスケルトンだった。その体躯は小山のように大きく、さらに猪に似た形をしている。突き出た顎の部分には、曲がった牙が上に伸び、禍々《まがまが》しく光っていた。

「あれって、もしやトロイントか……」

トロイントは、アリアですら苦戦する「王」と呼ばれる魔獣の一匹である。

それがスケルトンとなって現れた。骨だけとなった姿は一見脆《もろ》そうだが、痛覚がないぶん、タフで手強い。脳も筋肉もないので、魔獣であった時よりも容赦がなかった。

「なんでうちにスケルトンが……！　保管していただけなのに」

「誰かの手引きがあったんだろうね」

「まさか王子の……！　御嬢！　なら目的は————！」

「あ！　しまった‼」

アリアは振り返る。そこには千名の使節団たちが固まって立っていた。さすがに全員無事なのか点呼でもしないとわからないが、一つ言えることがある。

カイン王子と数人の取り巻きがいないこと。そして最悪なのは————。

「ルヴィンくんがいない」

ルヴィン・ルト・セリディアが忽然《こつぜん》と会場から消えていたことだった。

第八話

気が付いた時には、僕はずぶ濡れになっていた。

どうやら水をかけられたらしいのだけれど、前後の記憶が曖昧だ。

晩餐会の席で、外交使節団の方々に料理を振る舞ったところまでは覚えている。大きな手で、僕の小さな手をしっかり握ってくれた温かな感触も確かに残っていた。一つわかることといえば、これが夢じゃないことだけだ。

なのに僕は今王宮ではなく森の中にいる。

側にはカイン兄様が取り憑かれたかのように喚いていた。

耳を塞ぎたくなるような罵詈雑言はまるで呪いのようだ。

ここに連れてきたのは兄様らしい。混乱の最中、アリアたちが騒ぎに動揺している間にエストリアの王宮を脱出し、セリディア王国の国境付近まで馬を飛ばしてきたそうだ。そこまで説明してから、カイン兄様はこう言い放った。

「オレはお前が嫌いだった、ルヴィン」

【万能《プライム》】を持って生まれた僕。たった一つ持って生まれたギフトも使えないカイン兄様。兄様は言った。僕とカイン兄様はセリディア王家の光と影であると。

「てめぇが【万能《プライム》】を失った時、オレの方に墜ちてくるものだと思っていた。でも違った。お前は必死になって光ろうとしていた。まるでオレの生き方を否定するみたいにな」

「そんなことは……ない」

「あるんだよ！」

カイン兄様は僕の髪を雑草でもむしり取るみたいに掴むと、耳元で叫んだ。

「あのアリアって女王だけじゃない。外交使節団もお前に夢中になっていた。【万能《プライム》】を失っても、国が変わっても、お前は輝こうとしやがる。そんなにみんなにちやほやされたいのか？　ええ!?　そんなに人に構ってほしいのかよ」

ちやほやされたいから、僕はアリアを助けたわけじゃない。構ってもらいたいから、エストリア王国の料理長になったわけでもない。カイン兄様も、獣人たちも幸せに暮らす世界になってほしいから、包丁を振るっているんだ。

「兄様が影なら、アリアたちだってそうだ」

アリアたち傭兵団『番犬《ドーベル》』は帝国の影となって働き、今も人々の恐怖の対象になっていた。だけど、アリアたちはその過去を清算するために今も必死に努力を続けている。エストリア王国を一流の国家にし、そして人族に獣人たちを認めてもらうためにだ。

「カイン兄様だって、いつか影から出たくて、こんなことをしているんじゃないのですか？　お父様が喜ぶから……。そう思って、僕をセリディアに連れていこうと――」

「黙れ！」

「黙りません！」

僕には僕が目指す幸せがあるように、カイン兄様にだってあるはずなんだ。

教えてほしい。カイン兄様の幸せを。

カイン兄様は僕から手を離すと、腰に佩《は》いていた剣を抜き始める。

「僕を殺すのですか？」

「心配するな。殺さねぇよ。殺したらつまんないからな」

「つまん、ない……？」

「オレのギフトのことは知っているか？」

恐ろしい能力であることは聞いたことがある。けれど具体的な能力や、名称は王家によって秘匿されてきた。知っているのは、父上とごく一部の人間だけだ。

「【血の饗宴《ブラッドフェスト》】……。死んだ者の遺体や骨を操ることができるギフトだ。オレの能力を受けた遺体や骨は、動くものがいなくなるまで殺戮の限りを尽くす。そいつをエストリア王宮に放ってきた」

「王宮に……？　あ――」

王宮には魔獣の骨を保管している倉庫がある。

いつかその出汁を使って、おいしいものを作れないかと考えていたからだ。

でも、カイン兄様が偶然にも魔獣の骨を見つけてしまった。兄様はそれを使って、パニックを起こし、僕を誘拐したんだ。骨の中にはトロイントの骨もあったはず。アリアですら苦戦する魔獣の王だ。いくら獣人が強いからといって……。

「ククク……。そういう顔だよ。オレはそういう顔が見たかった。オレはさ。そうやって輝こうとしている奴の絶望に堕ちていく時の表情《ツラ》が好きなんだ。お前風にいえばそれが幸せなんだよ、オレにとってのな」

『自分が思う他人の幸せが、他人にとっての幸せとは限らん』

フェリクスさんの言葉が脳裏によぎる。

僕は自分の幸福を押し付けることが、他人にとって時に不幸になることを学んだ。でも、カイン兄様は自分の幸せを、他人の不幸で補おうとしている。それは幸せとは言えないはずだ。

「特にフィ・オ・ナってメ・イ・ドを追い出した時は傑作だったな」

「フィオナ？　どうして、今フィオナの話なんか。兄様、まさか……」

「お前からフィオナを遠ざけるように仕向けたのは、オレだよ。あの時のあの女の表情《ツラ》も最高だった。家令を殺さんばかりに詰め寄った時とかな」

僕はその時、初めて人を憎んだかもしれない。

「兄様‼」

剣閃《けんせん》が僕の側を横切る。

咄嗟に躱していなければ、僕の喉は切られていただろう。

「その顔だよ、ルヴィン。やっとお前にも影が生まれたな」

「はあ……、はあ……、はあ……」

「お前はしつこいんだよ。堕としても墜としても、光ろうとする。なら手足を使い物にならなくなるまでぐちゃぐちゃにしてやるよ。なら、いくらお前でも生きようなんて思わないだろ」

ギィン…………！

僕の四肢を斬ろうとして、剣を振り上げたカイン兄様の手が吹き飛ぶ。

衝撃は凄まじく、カイン兄様の身体は浮き上がって、そのまま近くの樹木に叩きつけられた。

一体、何が起こったのか、僕にもさっぱりだ。カイン兄様も半ばパニックになりながら、明後日の方向を見て喚いていた。何かを見つけると、咄嗟に横に飛ぶ。直後、鋭い音と同時に樹木に穴ができていた。その痕を見たカイン兄様は悪魔でも見たかのように身体を震わせる。

「魔砲銃だと……!?　ここは森の中だぞ。どうやって射線を通したんだ？」

魔砲銃という言葉を聞いて、僕は一つの異名を思い浮かべる。

かつて戦乱の最中、セリディア王国から派遣された部隊の中に優秀な銃使いがいた。長距離からの狙撃を得意とし、多くの兵士に恐怖と不吉を与えたことから、こう呼ばれていたという。

「『セリディアの兇銃』……。フィオナか！」

呟くと、カイン兄様は僕を片手で羽交い締めにしながら、大きく土から張り出した根の裏に隠れる。狙撃が止んだ。兄様の狙い通り、僕たちは射線から外れたのだ。

「気が変わった。お前を殺す、ルヴィン」

「え？」

「見たくなっちまったんだ。お前の死体を目撃したフィオナの表情《ツラ》をな」

カイン兄様は腰に差していたナイフを引き抜く。僕のお腹に膝を押し付けて、全体重をかけた。カイン兄様はすでに片足と片腕を撃たれている。それでも七歳と成人男性。力の差は歴然だった。

こんな時に【万能《プライム》】があればと思う。

【料理《レシピ》】を使って、死を回避しようとしたけど、残った唯一のギフトは応えてはくれない。代わりに脳裏に映ったのは、様々な人の顔だった。エストリア王国で出会った人たちだけではない。セリディア王国にいる家族、料理長や家令、僕の元から去っていった人たち……。今まで思い出そうとしても思い出せなかった人の顔まで、はっきりと脳裏を横切っていく。

これが走馬燈……。僕はついに死ぬのだ。

「アリア……」

「お前に王子様も王女様も来ねぇよ。今頃、あいつらは骨に骨までしゃぶり尽くされてるだろうさ、アハハハハハハハハ！」

「なにそれ……。つ・ま・ん・な・い・」

一陣の銀風《ぎんふう》が僕の目の前を横切っていく。

巨大な何かに噛みつかれたかのように、カイン兄様は突風に吹き飛ばされた。

逆に僕はカイン兄様の手から離れ、赤ちゃんみたいに抱きかかえられる。目に飛び込んでき
たのは綺麗な銀髪と耳……。真っ直ぐ僕を見つめる赤い目は、少し憂いを帯びていた。

「遅くなってごめんね、ルヴィンくん」

「ううん。アリアなら来てくれると信じてた。でも、ちょっと心細かったよ」

身内からの激しい憎悪……。死を前にした言いしれぬ恐怖……。

何もできなかった無力感……。

アリアの顔を見た瞬間、心の底でずっと蓋をしていたものが一気にあふれ出す。

涙はおろか、声すら止められず、僕は森の真ん中で大泣きした。

幾重にも伝う涙を、アリアはそっと舌で拭ってくれる。

まるでキスをされたみたいで、びっくりして泣き止んでしまった。

「ごめん。つい……。獣人の習性なんだ。手が塞がってたし。驚いた？」

僕は頷くと、アリアから思わず目を背けてしまった。

どうしてだろう。アリアの顔をまともに見られない。

何故か、身体が火照ってくる。

「くくく……。あはははははははははは‼」

森の中で突如笑い声が響く。

木に叩きつけられ、片腕と片足を撃たれたカイン兄様が立ち上がった。満身創痍《まんしんそうい》にもかかわらず、兄様から漂う雰囲気は依然として変わらない。まだ何か企んでいるように見えた。

「計画通りだ」

「なんだって？」

「ルヴィンはあくまで餌だ。オレの狙いは最初からお前だよ、アリア女王」

「はあ？　ボク⁇」

カイン兄様は持っていたナイフを手放す。降参した？　いや、そんなわけはない。カイン兄様は今も不敵に笑っている。歪んだ顔は悪魔そのものだ。

直後アリアは鼻を動かす。何かに気づいたらしく、抱き上げていた僕を、そっと木の陰に下ろした。笑顔が絶えないアリアが、少し苦しそうに眉間に皺を寄せる。

「どうしたの、アリア？」

「この辺りは昔、人族と獣人の衝突が絶えなかった場所なんだ」

直後、カイン兄様は【血の饗宴《ブラッドフェスト》】の力を叩きつけた。

禍々しい光は円環状に走り、夜の森に広がっていく。やがて木の幹や梢が震えると、次々と地面が隆起し始めた。土を払い、現れたのは人の手、あるいは背骨だ。動く骨が続々と地中から出現し、人の形をなして立ち上がる。悪夢のような光景に、僕は一瞬腰が抜けそうになった。

カイン兄様はまたしても笑っている。

多くのスケルトンに囲まれながら、嬉しくて嬉しくて仕方ないらしい。

「百？　千はいるな。ほらほら……。まだまだ出てくるぞ」

「ああ。そうだね。すごいすごい」

「強がるなよ、女王様。昔お前が相手にした腰抜けどもとは訳が違うぞ。こいつらは死ぬまで戦う〝死の戦士《ウォーキングウォーリア》〟だ。いくらお前でも……」

ごふっ‼

再び暴風が荒れ狂う。錐揉《きりも》み状になった風が森を横切り、スケルトンを飲み込んでいく。

千はいたスケルトンが、アリアの放った一発の拳打によって霧散してしまった。

「こんなものかい？」

「粋がるなよ、ケダモノ風情が‼」

かなり数を減らしたけど、スケルトンは続々と地中から這い上がってくる。

アリアの足元からも現れると、あっという間に囲まれてしまった。アリアは動じない。襲いかかってくるスケルトンを丁寧に壊していく。四方から迫られても、驚異的なスピードで拳を撃ち抜き、あるいは蹴り上げた。

距離を取れたかと思えば、あの暴風の一撃を繰り出す。

「すごい……。スケルトンが敵になっていない」

「当たり前だ。あんな奴ら、御嬢の敵にもならねぇよ」

「バラガスさん‼」

襲撃を受けたと兄様から聞いたけど、元気そうだ。

ただ何かいつもより機嫌が悪いように見える。

誰かと喧嘩でもしたのだろうか。

「バラガスさん、アリアを助けてあげて」

「その必要はありませんぞ、ルヴィン殿」

リースさんも遅れて空から現れる。その背中から降りてきたのはマルセラさんだった。

「皆《みな》の言う通りですよ、ルヴィン王子」

「マルセラさんまで。みんながここにいるってことは……。王宮のスケルトンは？」

「全部アリアが倒してしまいました。そしてここにいるスケルトンは、王宮に現れたものよりはるかに脆い。雑魚が二千、三千と増えたところで、うちの女王は負けません」


なにせ世界一強い女王陛下ですから……。

最後の一匹がカタカタと頭蓋を動かしていた。すでに手もなく、足も胴体もない。それでも左右に震えている様は、何かに怯えているように見えた。その最後の一匹をアリアは踏みつぶす。暴風が吹き荒れ、時には強烈な打撃音が響く森はすっかり静かになっていた。

空に満月が浮かんでいる。

その光は蒼白となったカイン兄様の顔を暴き出した。

「馬鹿な……」

「あのね、王子様。ボクはこれでも君に感謝していたんだよ。君がどんなに無理難題を課そうとも、獣人の悪口を言おうとも、ボクの国に千名の使節団を連れてきてくれた。そのことは紛れもない事実で、感謝してもしきれないことだからさ」

「あ、ああ……。あああああああ……」

アリアの姿が変わっていく。まるで若木が急速に成長し、大樹になっていくかのように。

大きな尻尾はさらに太く、長く。月の下で銀毛が伸び上がり、獰猛《どうもう》な牙とともに狼らしい顔へと変貌していく。大きな音を立てて、四足で踏ん張ると、そこにはもう美しく、かつ冷ややかな殺意を帯びた大狼が立っていた。

「でも、ボクだって獣人である前に人間なんだ。笑いもすれば、怒りもする。王子、君はルヴィンくんだけじゃない。君が連れてきた使節団の人たちですら手にかけようとした」

「ま、待ってくれ‼　お、オレはただお前たちからルヴィンを取り返そうと」

「そうでしょうか？」

カイン王子に鋭い視線を向けたのは、マルセラさんだった。

「外交使節団が来ているところに騒ぎを起こす。死傷者が出れば、すべて我々に罪をなすりつける――それがあなたの計画だったのでは？」

「ふざけんな！　そんなこと……」

「考えていたようだね」

大狼となったアリアは目を細める。

アリアたちは耳がいい。微妙な心拍数の違いで、心の声を読み解くことができる。

つまり、アリアが引き下がらないということは、カイン兄様は本気で使節団の誰かを殺して、エストリア王国を悪者にしようとしていたのだ。

「や、やめてくれ。……お、オレはオヤジに言われただけで」

「ボクの国の民だけじゃなく、君は使節団の方々も手にかけようとした。たとえ他国の王子様でも殺されたって、文句は言えないよね」

アリアは大きく口を開ける。その牙はゆっくりとカイン兄様に近づいていった。

カイン兄様はパニックになりながら、言い訳を繰り返す。どれも身勝手で、他人のせいにするだけの罵詈雑言に近いものだった。第三王子の面影はなく、為政者としての威厳すらない。

泣き喚き、ひたすら神に祈るように命乞いと言い訳を繰り返した。

「アリ――――」

カツッ！　と顎を鳴らす音が響く。

直後、側で倒れたのは白目を剥いたカイン兄様だった。

片腕と片足をやられ、加えて失禁までしている。無様という以外に言葉はなかった。

「生かしておくだか、女王陛下？」

そう尋ねたのは、遅れてやって来たフィオナだ。

彼女も無事だったらしく、僕の顔を見てホッと安心し、笑顔を見せてくれた。

「こいつは罪人でクズだけど、ルヴィンくんのお兄さんであることには代わりはないからね」

「ありがとう、アリア」

僕は大きくなったアリアの鼻を撫でる。大狼となったアリアはペロリと大きな舌で僕を舐めた。くすぐったい。銀毛もやわらかくて、モフモフしている。

ぬるま湯に手を入れているみたいに温かかった。

「それで、アリア。カイン王子をどうするつもりですか？　まさかこのままセリディアに返すというわけじゃないですよね」

「落ち着きなって、マルセラ。ボクもそこまでお人好しじゃないよ。忘れたのかい。ボクたちはエストリア王国の獣人であり、忠実な『番犬《ドーベル》』でもある。その番犬の手を噛んだ野良犬が現れたんだ。まずはボクたちの飼い主に報告するのが筋だろ？」

ニッとアリアは笑う。

アリアの飼い主って、まさか――――。

「おーい。大変や！」

飛んできたのはサファイアさんだった。いつもはニコニコしている騎士団の副団長が、珍しく顔を青くしている。その原因を尋ねる前に、僕たちは彼女が慌てる理由に気づく。サファイアさんの背後で、大きな煙が上がっていたからだ。

「おい。あれ……。火事じゃねぇか？」

「みんな、大変やで。王子様《カイン》の手下が森に火ぃ付けて逃げおった」

「え？」

その場にいた全員の視線が、後ろで気絶しているカイン兄様に向けられる。

まさかこれも兄様の計画の一つ？　エストリア王国の森は、食材と資源の宝庫だ。それでいて獣人たちの住む居住区画があり、豚の放牧も行われている。森はまさにエストリア王国の生命線なのだ。森とエストリア王国は、まさに一蓮托生。そんな場所が燃えれば、国が立ちゆかなくなる。

これまでやってきたことが、すべて無駄になってしまうかもしれない。

「けどよ。長雨のおかげで火が付きにくいんじゃないか？」

「いや……」

アリアは顔を上げた。すると強風が森を吹き抜け、まさに火事が起きている現場に向かって吹き込んでいく。

「ボクがさっき風の魔術を使ったおかげで、この辺りの風の精霊がめちゃくちゃ怒ってるみたい。たぶんもっとこれから風が強くなるはずだよ」

そこまでカイン兄様が考えていたとは思えないけど、状況は最悪だ。

ともかくこのまま手をこまねいているわけにはいかない。マルセラさんは水の魔術が得意な獣人を集めて消火を始め、一方でリースさん率いる騎士団は森や集落に住む獣人たちの避難を手伝う。アリア、フィオナ、僕も川から水を汲んで消火に当たった。

「あかん。焼け石に水や。雨か、それか大規模な天候魔術やないと」

サファイアさんは空から水を放水しながら、項垂れた。

火は鎮まるどころか、一層激しく森を焼いていく。強い風に煽られた炎は、あっという間に森のあちこちに燃え広がって、ついには王宮の近くにまで迫っていた。王宮には家臣や、まだ使節団の人たちが残っている。このままではさらに被害が拡大するだろう。

ここは消火活動よりも、避難を優先すべきかもしれない。でも、森を諦めてしまったら、本当にエストリア王国は立ちゆかなくなる。一流の国どころじゃない。国民が難民になってしまう可能性だってあり得る。

「マルセラ、国民全員に退避勧告を……。騎士団は使節団の人たちの安全確保に努めて。絶対に死傷者を出したりしたらダメだよ」

「アリア……」

「仕方ないよ」

アリアは燃えさかる森を見つめながら、みんなに背を向けてこう言った。

「国民の命には変えられない。幸せを感じてくれる人がいなければ、国は成り立たないよ」

その声は明るく、いつものアリアだった。

アリアの判断は正しい。国民なくして、国は成り立たない。でも、それでも、僕たちが今諦めようとしているものは、あまりにも重すぎる。この美しい国、資源、食糧、住む場所を失うことは簡単に見過ごすことなんてできない。

何よりこの森には、エストリア王国で出会った人たちとの思い出が詰まっている。

「大丈夫だよ、アリア。僕がなんとかする」

僕は懐に忍ばせていた丸薬を飲み込む。

「ルヴィンくん？　君、一体何を飲んだんだい？」

「この国を救う唯一の方法さ」

きっかけはセオさんに薬を作った時だ。

もしかして、と一縷《いちる》の望みをかけて、僕は【料理《レシピ》】にオーダーを出した。

それは『僕にかけられた呪いを解呪する』レシピだ。それに対して【料理《レシピ》】はこう答えた。

呪いを一時的に解呪する薬のレシピがあります。
※　ただし副作用あり。

僕は【料理《レシピ》】に従って、薬を作った。そして今、僕は初めて使う。試薬をしなかったのは、薬に副作用があるからだ。その副作用とは『身体の成長が止まる』こと……。一度では実感はないそうだけど、飲み続けると徐々に成長が遅れ、やがては止まってしまうそうだ。

薬を飲み続ければ、アリアと肩を並べることはできないかもしれない。一生子どものままかもしれない。でも、大事な人が泣く姿を見るよりはずっとマシなはずだ。

「懐かしい感覚だ……」

身体が熱い。力が漲ってくる感じがある。手に魔力が集まってくる。

力が戻ってきている。【万能《プライム》】という奇跡を持っていたあの時と同じ感覚だ。

僕は魔術で浮き上がる。下を見ると、アリアが心配そうに見つめていた。

「【魔術王《ソロモン》】――天候型水魔術、展開！」

僕は手を掲げ、叫んだ。

次の瞬間、濛々と上がる煙しかなかった空に、鈍重な黒雲が立ちこめた。

雲は加速度的に広がっていくと、エストリア王国の森を闇に包む。煌々と光っていたのは、火事の現場だけだ。火柱が風に煽られ、燃えさかるのを見て、僕は手を下ろした。

タンッと森の葉や梢を叩いたのは、大粒の雨だ。次の瞬間、まさに桶をひっくり返したような雨が森に降り注ぐ。ドラゴンの炎息《ブレス》みたいに燃えさかっていた森の炎は、雨の槍に刺されて勢いを失っていく。獣人たちが懸命に消火作業しても消えなかった火は、五分とかからず消えてしまった。

「良かった……」

ホッと息を吐いた瞬間、目眩《めまい》がした。魔力を全部使い切ったことによって、魔力切れを起こしたのだ。僕はそのまま落下する。地面に落ちる寸前、僕は誰かに受け止められた。元の獣人の姿になったアリアだ。

「アリア……」

「ルヴィンくん……。ありがとう、ボクの国を救ってくれて」

魔術の効果というか、薬の効果が切れたのだろう。

空から黒雲が消えていく。冴え冴《さざ》えとした朝の空が現れると、ちょうど山の稜線から太陽が昇ってきた。雨上がりの朝空の下で、アリアの表情が露わになる。

そこには感謝の言葉を述べながら、泣きじゃくる女王陛下の姿があった。

参ったな。結局アリアを泣かせてしまったじゃないか……。

◆◇◆◇◆　約一カ月後　セリディア王国　◆◇◆◇◆

「セオルド・ヴィトール・ヴァルガルド皇帝陛下、ご入来！」

セリディア王国の謁見の間に衛士の声が響く。

扉が開き、現れたのは真っ黒な髪を揺らした青年だった。

白の正装を身に纏い、玉座に向かって真っ直ぐに敷かれた絨毯の上を淀みなく歩いていく。

迎えた臣下たちは頭を垂れ、忠義の姿勢を見せた。セリディアは独立国なれど、それはヴァルガルド大陸を制した皇帝の下で認められたものだ。ヴァルガルド帝国とセリディア王国は、大陸で一、二を争う大国だが、その根本は主従の関係であった。

皇帝陛下には連れがいた。ただし見目麗しい夫人でも、屈強な騎士でもない。

強いて言うなら犬であった。棘の付いた首輪に、尻尾と耳。ここまで書けば、皇帝が自分の愛犬を見せびらかしに来たのだと思われるだろうが、そうではない。

それは動物の毛皮を着て、四つん這いとなった人族であった。その正体に動揺が走る。

「か、カイン王子……」

一カ月ほど前。千名の外交使節団を連れ、エストリア王国に向かった王子であった。

そのカイン王子は口を塞がれ、恥辱に耐えながら犬のように四つん這いになって進む。一方、鎖を握ったセオルドは何もなかったかのように絨毯の上を歩き続けた。ついにガリウス国王陛下が座る玉座に辿り着くと、冷たい眼差しを浴びせる。

「どうした、ガリウス？　どけ」

小さく悲鳴を上げながら、ガリウスは慌てて立ち上がり、セオルドに玉座を譲った。

セオルドは大陸の覇者である。たとえ大陸二位の国力を持つセリディア王国の国王でも、セオルドに逆らうことは許されない。昔からセリディア王家が守ってきた土地でも、今はヴァルガルド帝国から借り受け、統治されていることを許されているにすぎなかった。

本来、玉座に座るべきは、セオルドなのだ。

ガリウスは下がり、他の家臣と同様に頭を垂れる。

それを下に見ながら、セオルドは長い足を組み、頬杖を突いた。

奇襲とも呼べる急な来訪に、鎖に繋がれた上に犬の真似をさせられている自国の王子。さらに属国とはいえ、その君主に対する敬意が欠片もない振る舞い。古い家臣たちはこぞって眉を顰めたが、他の誰よりも憤っていたのは、ガリウス本人だった。今にも斬りかかりたい気持ちをこらえ、ガリウスは質問する。

「陛下、急の来訪。どういったご用件でしょうか？」

「これを見て、何も思わぬのか？」

セオルドはカイン王子の首輪から伸びた鎖を引き上げる。

「質問を変えましょう。では、どのような理由があって、我が国の王族をそんな破廉恥な姿にしているのでしょうか？」

「これはこいつの趣味だ」

「趣味ですと？」

ガリウスはカイン王子を睨む。犬となった王子は涙を流しながら、目で「違う」と訴えた。

茶番を見ていたセオルドはフッと笑みを浮かべる。皇帝の悪趣味な冗談だと気づくと、ガリウスはますます顔を赤らめた。

「冗談にしては趣味が悪すぎますな」

「うまく返すではないか、ガリウス」

「この一カ月……。我が国がカインの安否をどれほど案じたか」

カイン王子が向かったエストリア王国で何が起こったのか、ガリウスが知る情報は少ない。カイン王子がエストリア王国で問題行動を起こしたこと。千名の外交使節団はすでに国に帰ったこと。最後にカイン王子の身柄は、セオルド皇帝陛下に預けられたこと。確定していることは、これぐらいで他は憶測の範囲内だった。

「お前たちの諜報能力は、その程度か。クレイヴ伯爵家によって弱体化したという噂は、デマではなかったようだな」

セオルドの言葉に、ガリウスは奥歯を噛みしめる。セオルドからすれば、カマをかけただけなのだが、どうやら本当のことだったらしい。

「ならば優しい我が教えてやろう」

指を鳴らし、部下を謁見の間に呼び込む。

数枚にわたって書かれた報告書を、ガリウスを始めとした上級家臣たちに渡した。

綺麗で質のいい紙を触ってみて、帝国の技術に驚く者も少なくなかったが、ガリウスたちが注目したのは、やはりその信じがたい内容であった。

くどくどと、さらに嫌みったらしく書かれた報告書の内容を要約すればこうだ。

『お前の家のどら息子が、ギフトを使って千名の外交使節団とエストリア王国の女王以下家臣たちを殺そうとしたが、お前たちはどう責任を取るつもりだ?』

それを見て、最初に紙をクシャクシャにしたのは、ガリウスだった。

先ほどまでセオルドに向けていた怒りの矛先は、皇帝に犬扱いされている息子に向けられる。悪鬼すら退散せしめん眼差しで、ヤンチャな王子を怒鳴り付けた。

「馬鹿者!　あれほどギフトは使うなと忠告しただろう‼」

ガリウスは王宮すら吹き飛びそうな勢いで声を上げる。

どちらかといえば、物静かで泰然としていることが多いガリウスの怒りに、家臣たちは驚きを超えて、恐怖すら感じていた。臣下の動揺に目もくれず、ガリウスはまくし立てる。

「皇帝陛下、この度のことはカインが独断でやったこと。我が国はなんら関知するところではございません。どうか寛大なご処置を」

「息子がやったことなのに親であり、国王であるお前が何も責を負わないと？」

「カインは分別のつかぬ子どもではありません。また先ほど申し上げた通り、我らはカインの企みを知りませんでした」

「ほう。お前の息子は『父は承知していた』と答えたぞ」

セオルドが鎖を引っ張ると、カイン王子は何度も頷く。

「使節団の中には同じ証言をする者もいた。そもそも千名の国の代表者を連れ、君主も国も関係ないというのは、いささか無理がないか、ガリウスよ」

「皇帝陛下、誓って……、誓って、私は関係しておりません」

「いいのだな？」

「はい？」

「仮に本格的に捜査を進め、お前が関与した物証が出てきた時、お前への罰はこんなものではなくなるぞ。何せ皇帝である我の前で嘘を吐いたということになるのだからな」

セオルドは再びカイン王子の鎖を引っ張る。

実際のところ、国王が主導したことが見つかったとすれば、それは大変なスキャンダルとなる。国際問題に発展し、多くの国がセリディア王国に疑惑の目を向けることになるだろう。多額の賠償金を払い、領地の一部がいずれかの国に割譲される可能性もある。拒否すれば、戦争での解決もやむなし。しかも今回の敵はヴァルガルド帝国単体ではない。最悪、セリディア王国以外の国や領主と一戦交えることになるかもしれない。

大国の意地があっても、負けるとわかって戦争するほど、ガリウスは愚かではない。

「理解したか、ガリウス。これは是非の問題ではない。お前が罪を認めるか、大陸すべてを相手にするかの話なのだ」

この時、ガリウスは人生において五本の指に入るほど、激しく頭を回らせた。

十秒はかかっただろうか。ようやく重い口を開いた。

「罪を認めます。どうか皇帝陛下、寛大なご処置をお願い申し上げます」

膝を突き、ガリウスは項垂れる。戦わずして押し付けられた事実上の敗北宣言であった。

セオルドは続けて、寛大なご処置を申し渡す。

まず外交使節団の大使および代表者とその国に対し、即時の謝罪と賠償金の支払いを命じた。

ただ使節団の中には、カイン王子の企てを知る者も多数いて、その国に対しては適用されないという。

直接的に被害を受けたのは大使とその数名の家臣とはいえ、賠償金の額は個人では最高額となり、セリディア王国はそれだけで国家予算の半分を失うこととなった。そのお金はセリディア王家の財産から払うようにと申し渡され、ガリウスはさらに肩を落とした。

「さて、一番の被害者であるエストリア王国からは、王宮の修繕費と放火被害にあった森の損害賠償に、もう一つ請求事項が提示された」

「如何様な条件でございましょうか?」

「ルヴィン・ルト・セリディアをエストリア王国に留学させる許可だ」

「お待ちください、陛下。ルヴィンは我が国の王族。すでに何度も上申した通り、私は子を奪われた被害者なのですぞ」

「その子どもを放逐《ほうちく》したのは、貴様ではないか? 被害者ぶるのは結構だが、ならば何故ルヴィンはそなたの下に戻りたいと言わぬ。そもそもそなたが本気になれば、取り返すことなど容易であったはずだ。違うか?」

「それは……」

「いい加減、息子を外交カードにした内政干渉はやめるのだな。今までは大目に見てきたが、今回のことで我も学習した。我の目が黒いうちは、厳しく取り締まるゆえ、身を引き締めよ」

御意、とガリウスを含めて、以下家臣たちが声を揃える。

これでやっと終わりかと思ったが、セオルドはまだ玉座に座っていた。

「最後に皇帝としてセリディア王国にペナルティを言い渡す」

「子を名目上とはいえ他国に差し出し、多額の賠償金を払わされた我々に、陛下はまだ罰を科すと仰るのですか?」

「我が治めるこの大陸を混乱させた罪は重い。……よってセリディア王国北方の領地の一部を取り上げることとし、エストリア王国の領土とする」

セリディア王国の北方——ちょうどエストリア王国との国境の境には、肥沃な平原が広がっている。昔からそこは獣人とのいざこざが絶えず、未開発のまま放置されていた。

「セオルド！　余の国の領土をあの野蛮人に明け渡せというのか⁉」

「お前の国であっても、土地はお前のものではない。我のものだ」

「黙って聞いておれば！　もう化かし合いはやめだ。ここで貴様を——ッ‼」

『うぉおぉおぉおぉおぉおぉおぉおぉおおおおおおおおおおおんんんんんんんんん！』

天井が震えるほど力強く、長い遠吠えが、王宮の外から聞こえてきたのはその時だった。

セリディア王国どころか、大陸全土にすら轟いているのではないかと思う程の声に、人々は恐怖する。覚えている者であれば、脳裏にとある大狼の姿を思い浮かべたであろう。事実として平民は道ばたに蹲り、司祭は神に助力を求め、貴族は天蓋のベッドの下に潜り込んだ。

ガリウスもその一人だ。顔は引きつり、青くなっていく。ついには立っていられなくなり、その場に蹲ってしまった。謁見の間が恐怖一色に染まる中、玉座に座ったセオルドだけが、王宮を見下ろす丘の上から吠える大狼の声を聞いていた。

「ガリウスよ。まだ我に何か言うことがあるか？」

「い、いいえ。……申し訳ありません。皇帝陛下のご指示に従います」

セリディア国王の判断を聞いて、セオルドはようやく玉座から立ち上がる。

ついに鎖から解き放たれたカイン王子も、すでに反抗の意を示すことなく、あの遠吠えの前に子どものように震えていた。

皆が頭を垂れる中、セオルドは帰ろうとしたが、ふと立ち止まる。

「これからエストリア王国へと向かう。何か伝えておきたいことはあるか、ガリウスよ」

「……た、大変申し訳なかった、と。女王にお伝えください」

「そこは父親として『息子がお世話になる』であろう」

「…………っ！」

「君主として責任を負ったことは褒めてやる。だが、父としてのそなたは歴代の暗愚《あんぐ》にも劣る」

捨て台詞を言い残し、セオルドは謁見の間を後にするのだった。

エピローグ

「うわ～！」

セリディア王国北方の地。その広い平原を見て、僕は思わず声を上げてしまった。

ここはセリディア王国最北端に広がる平原だ。エストリア王国の森も美しいけど、視界いっぱいに広がる自然のままの平原もまた綺麗だった。

これなら小麦も農作物も存分に作り放題だ。今まで飼えなかった牛を飼うのも悪くない。西に少し向かえば川もあるし、水源の確保も問題ないだろう。これでエストリア王国の食料自給率を上げることができる。そうすれば、国民の生活も安定するし、畑や牧畜がうまくいけば雇用も生まれる。

この土地は未来のエストリア王国にとって、なくてはならないものになるだろう。

「皇帝陛下、ありがとうございます」

「礼にはおよばぬ。この土地はお前が領主となって治める可能性もあったのだからな」

セリディア王国の王族は成人になるとすぐに直轄地を与えられる。どこを与えるかは国王陛下の胸先三寸《ちちうえ》だけど、可能性はなくはなかった。

「いっぱいおいしい料理を作って、また皇帝陛下の舌を唸らせたく思います」

「そうそう我が舌が心を許すと思うなよ。だが期待しているぞ、ルヴィンよ」

「はい！　必ずや」

返事をすると、ここまで大狼になって連れてきてくれたアリアが僕の頬を舐めた。

「ボクの分もあるんだろうね」

「もちろんだよ、アリア。僕は――――」


女王の料理番だからね。


七年前、長く続いたとある大陸の戦乱が終結した。

大陸の覇者となった帝国は、戦乱終結の立役者となった獣人たちにエストリアという国を与えた。多くの者が野蛮人の国と恐れた新しき国に、一人の少年が現れる。

獣人の女王の舌を唸らせた少年は、後に料理長に任じられ、『女王の料理番』と呼ばれるようになったという。

「ようこそお越しくださいました。女王より饗応役を仰せつかっております。女王陛下の料理番ルヴィン・ルト・セリディアと申します。今宵は存分に料理を楽しんでいってくださいね」

その小さな少年は、勇気と知識、そして料理の腕を持って、首も据わらない生まれたばかりの王国を、後に大国へと成長させていったというが、それはまだ先の話である。

あとがき

皆様、こんにちは。『獣王陛下のちいさな料理番～役立たずと言われた第七王子、ギフト【料理】でもふもふたちと最強国家をつくりあげる～』の作者の延野正行《のべのまさゆき》と申します。グラストNOVELSでは初めてになるので、簡単に自己紹介しておきますと、主に異世界ファンタジーで料理を絡めたお話を書いております。『延野正行』『料理』でググってもらうと、作品が出てきますので是非ご一読ください。

さて『獣王陛下のちいさな料理番』はいかがだったでしょうか？　本書の方を掻い摘まんでご説明すると『王国の王子様が、他国の女王の料理番としてスカウトされ、絶品料理を作れる上に、国の再建までしちゃう』というお話になっております。個人的なお話で恐縮ですが、『料理番』という単語が、以前より私が書く話のポイントになっておりました。故にタイトルにも何度か使用したことがございます。

ですが、一つずっと悩みの種がありまして、それが……。

料理番っぽくない！　ってことです。

料理番とつけた作品は、おかげさまで書籍化もし、コミカライズも果たし、大変読者の皆様にはご好評いただいたのですが、もっと『料理番』というタイトルにふさわしい作品を書きたいなあ、というのが、以前から作者の心にずっと引っかかっておりました。そこで自分の中で『料理番』と感じる作品といえばなんだろうと考えた時、やはり杉森久英《すぎもりひさひで》先生の『天皇《てんのう》の料理《りょうり》番《ばん》』だなと至り、『獣人の女王陛下を支える料理番』を書くことにいたしました。

　自己満足のために書いたお話でしたが、この度グラストNOVELS様からお声をかけていただき、書籍化と相成った次第です。少しでも皆様の心の中に思い描く『料理番』のイメージに刺さっていただけたら嬉しく思います。

　最後に謝辞を。最高にかわいいルヴィンと、最高においしそうな料理を描いてくれたたらんぼマン先生。某K社の作品からの大ファンで、いつか自分の作品にもイラストを描いてくれないかなあ、と思っていたのですが、こうして念願が叶い感無量です。本当にありがとうございました。さらに基本的にネガティブシンキングの作者に、いつもモチベが上がる言葉をかけてくれる担当編集様。拾っていただいたグラストNOVELS編集部様。書籍の営業を担当されている方、本書を並べていただいている書店員の皆様。WEBから読んでいただいている読者の皆様。そしてこの本を手にとっていただいた皆様に感謝を申し上げます。

　末永いシリーズにして、ルヴィンにもっといろんな料理を作ってもらいたい、幸せになってもらいたいと思っております。読者の皆様のお力をお貸しください。よろしくお願いいたします。

延野《のべの》正行《まさゆき》

獣王陛下のちいさな料理番
～役立たずと言われた第七王子、ギフト【料理】でもふもふたちと
最強国家をつくりあげる～

2025年4月25日　初版第1刷発行

著　者　延野正行

発行人　菊地修一

発行所　スターツ出版株式会社

〒104-0031　東京都中央区京橋1-3-1　八重洲口大栄ビル7F
TEL　03-6202-0386（出版マーケティンググループ）
TEL　050-5538-5679（書店様向けご注文専用ダイヤル）
URL　https://starts-pub.jp/

印刷所　株式会社DNP出版プロダクツ

ISBN　978-4-8137-9445-5　C0093　Printed in Japan

[延野正行先生へのファンレター宛先]
〒104-0031　東京都中央区京橋1-3-1　八重洲口大栄ビル7F
スターツ出版（株）　書籍編集部気付　延野正行先生

グラスト NOVELS

話題作続々！異世界ファンタジーレーベル
ともに新たな世界へ

2025年7月
6巻発売決定!!!

毎月第4金曜日発売

新たな仲間を加えて、
大農園はますますパワーアップ!!

著・錬金王　　イラスト・ゆーにっと
定価:1540円(本体1400円+税10%)※予定価格
※発売日は予告なく変更となる場合がございます。